円朝なぞ解きばなし

和田はつ子

時代小説文庫

角川春樹事務所

本書は二〇〇八年七月に刊行された『噺まみれ　三楽亭仙朝』
（単行本・小学館）を改題の上、加筆・修正いたしました。

円朝なぞ解きばなし

目次

第一話　幽霊師匠

一

当代きっての人気噺家《はなしか》の三遊亭円朝《さんゆうていえんちょう》が、集めた幽霊画を、座敷にずらりと並べて見入っていると、茶を運んできた弟子の栄朝《えいちょう》が声をかけてきた。

「師匠、いよいよでござんすか」

栄朝も幽霊画を見つめた。

怪談といえば夏が相場と決まっているが、円朝ほど人気を集めると、両国広小路にある一流どころの席亭《せきてい》までもが、季節を問わずに噺《はな》してくれと言ってくる。

そもそも、誰もが夏場の演目に掲げる怪談噺は、噺家の人気の指針であった。歌舞伎の演目である〝四谷怪談〟が高座《こうざ》で噺されることもあった。同じ怪談噺でも、人気のある噺家の出る寄席《よせ》に客は足を運ぶ。三遊亭円朝もその一人であった。

「それにしても、幽霊ってえのはいい女ばかりですね」

「本当は男の幽霊もいるんだろうが、芝居や噺で幽霊といやあ、やっぱし女だろうね」

円朝は春に似合う幽霊とは、いったいどういう代物だろうかと思案していた。

「幽霊が女だから女の客が多いのさ。女はみんな怖い、怖いと言いながら、怖いものを聞きたい、見たいんだよ」

「けど、師匠の高座に集まってくる女の客たちは、きっと、それだけじゃあありませんよ。怖い噺も師匠が噺すから、とびきり美味《おい》しい珍味なんですよ」

そう言って、栄朝は師匠を羨《うらや》ましげに見つめた。

長身瘦軀《そうく》の円朝は、感性の鋭さを物語る尖《とが》った顎《あご》とやや高すぎる細い鼻筋が冷たい印象を与える、役者の上を行く美丈夫《びじょうふ》と噂《うわさ》されている。多数の幽霊画に注がれている円朝の目は、知らずとちらちらと流し目になっていて、その様子には何とも、いわく言い難《がた》い色気が滲《にじ》み出ていた。

――目殺しか。女たちはみんな、こうして、師匠が自分の方を見てくれてるって、思うんだろうな。こりゃあ、たまんねえ――

円朝が高座に上がると、町娘たちは言うに及ばず、名だたる芸妓《げいぎ》たちまでもがこぞって、追いかけるように寄席に押しかけてきた。この時の円朝は町人髷《まげ》を大きく結い上げた、すっきりとした男前で、緋色《ひいろ》の長襦袢《ながじゅばん》の上に黒の羽二重《はぶたえ》の着物を重ねていて、ちらちらとのぞく炎の色が、何とも神秘的であった。もっとも、この髷や長襦袢など見せて魅《み》せる工夫は、鮨《すし》屋の倅《せがれ》である栄朝の助言であったけれども――。

――噺家は人気商売。見た目も芸のうちだもんな――

内心、ため息をついた小柄で丸顔の栄朝は、江戸八百八町どこにでもいそうな、凡庸を絵に描いたような容貌《ようぼう》の持ち主であった。

――いけねえ、いけねえ、師匠の芸は見た目だけじゃねえんだった――

音曲師《おんぎょくし》だった父親のつてで、円朝が高座に上がったのは七歳の時であった。以来、ずっと天才の呼び声が高かったが、順風満帆《まんぱん》というわけではなかった。

――見た目や人気が禍《わざわい》したこともあったって言うしな――

円朝は二十歳《はたち》前に真打ちになったが、その後は大変な思いをしたことを栄朝は知っている。

見た目も追い風になって得た円朝の人気を、頭の形が木魚《もくぎょ》に似ている円朝の師匠、今は亡き二代目三遊亭円生《えんしょう》が妬《ねた》んだのである。師匠円生は円朝が演じることになっていた噺と同じ演目を、同じ日に先回りして演《や》ってしまうという、およそ大人げない妨害をした。

この時、円生は手拭《てぬぐ》いと扇子《せんす》以外は使わない所作も控えめな素噺《すばなし》、円朝の方は当時人気があった鳴り物といわれる音や、道具と称される背景画などを駆使する芝居噺、と噺の形は異なっていたが、演目が同じなら、後で演る方が「何だ、二番煎《せん》じじゃないか」とたとえ派手な演出であったとしても客たちのそしりを受ける。たまたまではなく、故意にいやがらせでやったとしか思えないのは、こんなことが何度となく繰り返されたからであった。

十代だった頃、円朝は一時期、噺家を廃業したこともあった。

辞めた後、円朝は僧侶である兄の勧《すす》めもあり、商家や絵師のところへ奉公や修業に出てはみたものの、噺への思いが募り、月に一度、寺の客間を借りて〝咄《はなし》の会〟を主催せずにはいられなかった。

――うちの師匠と円生師匠とじゃ、三十は年齢《とし》が離れてる。親子ほどの年齢の差だ。そうなりゃ、師匠が円生師匠をおとっつあんみてえに思ってたとしても、おかしかねえ。なのに、聞いてるような仕打ちをされたんじゃ、師匠の心ん中は血が噴き出してたにちげえねえ――

といっても、これは栄朝の想像にすぎない。円朝は円生についての話をほとんどしなかった。いつだったか、

「円生師匠には世話になった。師匠が壁になってあたしに立ちはだかってくれたからこそ、噺家には人の追随を許さない創作が大事だと身に染《し》みて、こうして独り立ちできたのだから――」

と洩《も》らしただけであった。

栄朝は、円朝が病の床に臥《ふ》していた円生の世話をしていたことを知っている。二代目三遊亭円生は、大身《たいしん》の旗本や大名家からの贔屓《ひいき》もあって、全盛期には結構な暮らしをしていたが、病を得てからの晩年は悲惨であった。

栄朝は円朝に言いつけられて、月々の生活費を円生のもとへ届けに行っていた。これは円生の本葬後一年近く経《た》った今でも続いている。円生が息災のうちから病気がちだった妻おりんは臥せったままになり、一人娘お園《その》が看病をしている。

今月もぼちぼち、湯島にある円生の家に届け物を頼まれる頃だなと、栄朝が思っていると、

「栄朝、頼まれてくれないか」

円朝の声がした。

栄朝が使いに出ていった後も、円朝は幽霊画に見入っていた。

「お邪魔いたします」

南町奉行所同心津川亀之介《つがわかめのすけ》が玄関戸を開けて入ってきた。ひょろりと背が高い津川亀之介は、冬瓜《とうがん》をぶらさげたような馬面《うまづら》であった。

栄朝は、

「ああいうのを下手《へた》の横好きというんですよ」

と容赦ないが、津川は噺が三度の飯と同じくらい好きであった。

「お忙しくありませんか」

役人である津川が芸人の円朝に丁寧な口調なのは、以前、〝咄の会〟で円朝と師弟関係にあったからである。

〝咄の会〟とは、玄人《くろうと》である噺家が高座に上がる寄席とは異なり、噺を趣味とする素人《しろうと》たちの勉強会であった。とはいえ、素人芸の〝咄の会〟が歳月を経て、成長、変容を遂げたのが、玄人芸の寄席であった。

「いや——」

円朝は幽霊画から目を上げた。

「ちょうど、このようなものを見て、暇を潰《つぶ》していたところですから。ご一緒にいかがです」

「おや、幽霊画ですね」

「どうか、ご覧になっていてください。今、茶でも淹《い》れてきましょう」

津川は、おかまいなくとも言わずに幽霊画をながめている。

「言葉は丁寧でもあの人はやっぱり、お役人ですよ。偉そうです。その証拠に押しかけてきて、当たり前みたいに、図々しく居座るんですから、たまったもんじゃありませんよ。忙しい師匠を何だと思っているのか——」

栄朝が居合わせていたら、また嫌な顔をしそうであった。

「これはどうも——」

とだけ言って、津川は湯呑《ゆの》みを受け取ると、ずずっと音を立てて茶を啜《すす》った。

「それにあの人は不作法ですよ」

栄朝は津川の茶の飲み方まで気にいらなくて、津川の来訪のたびに不平不満を募らせていた。栄朝にしてみれば、いつまでも〝咄の会〟の頃の師弟関係に拘《こだわ》り、元弟子だからと庇《かば》い立てする円朝に、

「住み込んで師匠の身の回りの世話をしないような弟子を、どうして、元にせよ、弟子な

ぞとおっしゃるのか」
と言いたいところなのである。
しかし、何より栄朝が面白くないのは、津川亀之介の方が早くに、円朝と知り合ってい
たことなのだと円朝自身にはわかっていた。こればかりはどうにも仕様のない事実であっ
た。
「師匠、いよいよ春にも幽霊噺をおやりになるのですか」
津川も栄朝と同じことを訊《き》いた。
「ええ、まあ、思いつけばと思ってね――」
津川の前に座った円朝は微笑した。形のいい唇《くちびる》が綻《ほころ》びて白い歯並びが見えた。咲いたば
かりの桜の花のようにあでやかな様であった。
――師匠は口元千両だな――
津川もまた、栄朝同様、円朝に見惚《みと》れていた。
――黙って口を閉じている時は冷たい雪の花だが、噺をしたり、笑ったりする時は春爛《らん》
漫《まん》、百花繚乱《ひゃっかりょうらん》になる。師匠の創《つく》った噺の中身と声、顔、仕草《しぐさ》なぞが相俟《あいま》って、色鮮やかな
花を咲かせるのだろうが、見事なものだ――
「けれど、春に幽霊なんて、どうにも季節外れですからね、はて、思いつくかどうか
――」
円朝の微笑《わら》いに苦いものが混じった。

「師匠ほどの才なら、自在に怪談噺をお創りになることができますよ」

「いやいや、とんでもない――。今までは、たまたま、お客様方に気に入っていただけただけのことですよ。春の幽霊噺が創れるなんて自惚《うぬぼ》れかもしれません」

二

「相変わらずのご謙遜《けんそん》ですな」

津川はひたと視線を円朝の顔に据えた。

「とかく芸人は売れると調子に乗って傲慢《ごうまん》なものですが、師匠は違う。いつでも謙虚そのもので、稽古《けいこ》を怠らない。いやはや、頭が下がります」

津川は知らずと頭を下げていた。

「困りますね。お上に頭を下げられては――」

円朝は困惑した。

「お上などとおっしゃられては心外です。わたしは師匠の一番弟子のつもりなのですから――」

――栄朝が聞いていたら、きっとまた、怒るだろう――

つくづく、栄朝を使いに出しておいてよかったと、円朝は胸を撫《な》で下ろした。

「ところで栄朝さんは二ツ目でしたね」

「ええ、本人の心がけ次第ですが、行く行くは真《しん》を打たせてやりたいものだと思っております」

「栄朝さんが真打ち──」

津川はしばし首をかしげた。

「栄朝さんが師匠によく仕え、稽古熱心なことは承知しています。けれども、何にも増して偉くなろうという気が勝っている。ああいう者ほど、真打ちになったとたん、人が変わったように威張《いば》り出すものですよ」

──これは少々、ひどいな──

円朝は栄朝の代わりに、

「芸人はある程度、野心がないと続けられないものなのですよ」

と抗議した。

「それはわかっています。けれども、力よりも野心が勝ってはいかんでしょう。わたしが言いたかったのはそのことです」

津川は憮然《ぶぜん》として言い返してきた。

──二人は各々、陰で相手の悪口をあたしに告げる。ようは、この二人、よくよく相性が悪いのだろう──

「ところで、近頃、江戸の町で面白い話はありませんかね」

円朝はいささか辟易《へきえき》してきた。

噺の面白さを支えるのは真実の重みで、噺を創るに際して入念な取材を怠らないのが

〝円朝流〟であった。

「噺創りに役立てたいのです」

「わたしのような者でも、師匠のお役に立つことができるのですね」

長すぎるせいで、やや憂鬱《ゆううつ》そうに見える津川の顔がぱっと明るくなった。何のことはない、栄朝と津川が不仲なのは、単に、円朝の寵《ちょう》を奪いあっているだけのことなのであった。

「幽霊絡《がら》みの話がよろしいでしょう？」

津川は円朝の顔と畳の上の幽霊画を交互にながめた。

「何でも結構です」

「実は師匠が幽霊画をごらんになっていたのを見て、思い当たることがあったのですが、まさか、と思い黙っておりました」

津川は奥歯に物の挟まった物言いをした。

「どうやら、あたしにおっしゃりにくいことのようですね」

円朝はじっと津川を見つめた。

「師匠が気にされては心苦しいと——」

「大丈夫《だいじょうぶ》です。あたしは人の世で起こる、さまざまな話でお銭《あし》を頂いている身です。その上、得意は怪談です。およそ、この世にあり得ない話なぞないことは、よくわかっています。ですから、何を聞いても驚きません」

「とはいえ——」

津川は言い渋った。

「どうか、話してください。そこまで言って黙っておいでだと、どんな面白い話かと、気にかかってなりません。教えてくれないと恨みますよ」

円朝の目がやや恨みがましく湿った。

――これと同じ目を師匠の高座で見たことがあるぞ。〝四谷怪談〟で化けて出るお岩《いわ》さんの目だ。くわばら、くわばら――

津川は怖いようなうれしいような気がしてきた。

――師匠は老若男女、身分、美醜を問わず、人と幽霊の垣根さえ越えて、どんな者にでもなりきれて、身振り、手振り、声音《こわね》まで変えて、噺をすることができる。だから天才なんだな――。ならば申し上げても、まず、大丈夫だろう――

「師匠は栄朝さんを、まだ月に一度、湯島まで使いに出しているそうですね」

まず、訊いた。

「栄朝が言ったのですね」

円朝は苦笑した。

「黙っているようにと、あれほど口止めしていたのに。仕様がないなあ――」

「これぱかりは悪いのはわたしの方です。三月《みつき》ほど前、和泉橋北詰の菓子屋の前で栄朝さんとばったり会ったのですよ。何の用足しかと訊くと黙っているので、稽古でもさぼる口実ではないかと気になって、きつく訊き糺《ただ》しました。それで、まだ師匠が亡くなった円生師匠の家族のめんどうを、みておられることがわかったのです」

「そうでしたか」

「師匠が円生師匠の仕打ちを少しも恨まず、死ぬまで円生師匠のめんどうを見た上、円生師匠の遺言通り、三遊亭一門を盛り立て初代円生師匠の命日に、これ以上はないと思われる、立派な本葬を執《と》り行ったことを知らない者はいません」

円朝は無言だった。もとより、世間の評判を気にしてやったことではなかった。円生の門弟たちの話を伝え聞いた者たちの口から口へと瞬《また》く間に広がり、円朝自身の爆発的な人気と相俟って、いつしか江戸市中《しちゆう》にくまなく広まったのである。

「その上、遺《のこ》されたおかみさんたちのめんどうまで見ておられたとは、さすが師匠です。感服いたしました。さぞかし、草葉《くさば》の陰で円生師匠も喜んでおられるはずです。ならば、幽霊などになって、彷徨《さまよ》わずともよいものを――」

「あなたが言いたい話とは、円生師匠の幽霊のことだったのですね」

さすがに円朝も青ざめた。白く端正な顔と尖った顎が際立って見える。

「そうなのです。幽霊の円生師匠が成仏できずに、今もおかみさんと娘さんが住んでいるあたりを彷徨い続けているという話です」

「それはいつ頃からの話ですか」

「初午《はつうま》の頃からですから、春の幽霊ですよ」

「すると、幽霊が出てから、まだ一月《ひとつき》ですね」

――前に栄朝を湯島へ行かせたのは、初午前であったから、幽霊話は起きていなかった。今度は栄朝もこの幽霊話を聞いてくるだろう――

「ところで師匠、円生師匠の本葬は、昨年でしたね」

「ええ」

「普通、幽霊というのは盆の頃に出てくるのではないでしょうかね」

「とは限らないでしょう。幽霊は化け物であって化け物ではありません。生きている者たちが死者に対して負っている情念なのです。こんなことをしなければよかったとか、こうしてやりたかったという後悔の情が強すぎて、死者を思い出してばかりいると、つい、その姿がおぞましい形に見えてしまうのです。ですから、いつ現れてもおかしくないはずですよ」

「師匠は幽霊がいるとは思っていないのですね」

「いるともいないともわかりません。残念なことに遭《あ》ったことが一遍もないので――。多数創って噺して、そして、愛してもいますが――。出来れば一遍、遭いたいものだと思っています」

円朝は微笑した。気のせいか、その微笑はいくぶん妖《あや》しかった。

「円生師匠の幽霊でもお会いになりたいですか」

「それはもう――」

「誰が言い出したのか、円生師匠は、益々人気が高まる師匠が妬ましくて、なかなか成仏できずにいるのだという噂が、まことしやかに流れ始めています。生前こそ、めんどうをみてくれていた師匠に感謝していた円生師匠も、いざ往生《おうじょう》を遂げてみると、元に戻って妬みの権化《ごんげ》の悪霊になったのだというのですよ」

「そんな噂があるのですか」

円朝は眉《まゆ》をひそめた。

「生前の円生師匠を辱《はずかし》めるひどい中傷《ちゅうしょう》ですね。許せません」

膝《ひざ》の上に形よく揃《そろ》えてあった円朝の両手が、いつしか拳《こぶし》に変わっている。

「津川様、お願いです。どうか、そんな根も葉もない噂を流した者を捕まえてください。このままでは、今は亡き円生師匠も、おかみさんたちもお気の毒すぎます」

「でも、師匠、噂は本当かもしれません」

津川は深刻な顔をしている。

「あなたはお役人だというのに、噂の真偽を突き止めもせずにそんなことを言うのですか?」

円朝は呆《あき》れた。

「本当だとすると、円生師匠の幽霊は師匠に悪さをしないとも限りませんよ」

心から案じているのだろう、思い詰めた表情になっている。

三

「どうやら、あなたは幽霊がいると思っているのですね」

津川はおずおずとうなずいた。

「ええ、亡き父の幽霊に、早く嫁を取れと、始終、夢枕《ゆめまくら》で急《せ》かされるものですから。師匠がおっしゃったように、孫の顔を見たいと言い続けて死んだ父に、わたしが後ろめたい気持ちを抱いているだけかもしれませんが――」

「それは羨ましい」

円朝は思わず大声を出した。そして、

「あなたにお父上の幽霊が会いに来たように、あたしにも円生師匠が会いに来てほしいものです。一つ、どうしても亡き師匠にお訊《たず》ねしたいことがあるので。あたしは見舞いに馳《は》せ参じましたが、うつらうつらと眠り続けたまま師匠は亡くなりました。その今際《いまわ》の際に気になる言葉を呟《つぶや》いたのです」

円朝の目は怖いほど真剣である。

「そ、それは何という――」

津川まで緊張のあまり言葉に詰まった。

「切れ切れにメイド、アダウチと」

「〝冥途《めいど》の仇討《あだう》ち〟ですか」

津川はぞっと総毛《そうけ》だった。

「それなら、やはり、円生師匠は円朝師匠に恨みを残したんですよ。円朝師匠は芸の憎き仇《かたき》で、自分がもう駄目だとわかって、この世で果たせなかった仇討ちを、せめてあの世に行って果たすという脅しですよ、それは――」

「やはりそうでしょうか」

円朝は悲しげな顔になった。

「円生師匠は実直なお人柄で、大名跡《だいみょうせき》三遊亭円生の二代目を継がれただけあって、噺もお上手でしたが、普段は口数が少ない、人付き合いもあまりしない、地味な方でしたな――」

津川は、以前、湯島辺りで何度かすれちがったことのある、亡き円生を思い出していた。

――いつもむっつり不機嫌そうで、話しかけにくく、頭が木魚と言われるのも、抹香臭《まっこうくさ》いからだ。しかし、こんなに円朝師匠が尽くしているのに、なお恨むとは、噺家の業《ごう》とはいえ、何とも空恐ろしいことだ――

円朝は、

「もし、あたしのせいで師匠の幽霊が成仏できずにいるのならば、あたしは、恨みでも、説教、お叱《しか》り、何なりと伺《うかが》うつもりです」

と言い切った。そして、

「ですから、一刻も早く、噂の出処《でどころ》を調べてください」

と続けた。

「早速、調べます」

そう言って、津川が帰った後、円朝は座敷に並べていた幽霊画の一つを手に取った。楚々《そそ》とした佇《たたず》まいの幽霊は細く、はかなげで美しく、足のないのが残念に思える。円朝が持ち合わせている幽霊画の中でも、際立って美しい幽霊画であった。

「これは円生師匠、あなたが今まで世話になった礼にと、亡くなる前に届けてこられた画《が》幅《ふく》でしたね」

己《おのれ》の見目《みめ》といえば木魚の頭をしていた円生だったが、女の好みは人一倍面食いで、恋女房のおりんは娘時代、小町と噂されて、錦絵《にしきえ》に描かれたこともある評判の美女であった。

そんな円生が礼にと携えてきた幽霊画は、おりんによく似ていた。

「弟子として当然のことをしたまでです。いただけません」

円朝が辞退しても、

「弟子なら両手で間に合わねえほどいたが、情に厚かったのはおめえさんだけだ。そのおめえさんへの礼だよ。一番気に入ってるもんでなきゃ、礼にはならねえ。年寄りに恥をかかせるもんじゃねえ。どうか納めてくんな」

円生は頑《がん》として聞き入れずに置いていった。

――ああおっしゃってくだすったものの、やはり師匠、あなたはあたしに不満がおありなのですか？――

円朝は心の中で円生に話しかけながら、おりんによく似た幽霊画を文机《ふづくえ》の上に移すと、縁先に下りてスミレの花を摘《つ》んだ。スミレを土瓶《どびん》に挿《さ》して、円生の好きだった酒と一緒に

幽霊画に手向《たむ》けると、目を閉じて、

——師匠、師匠、おいでならば、どうか、お応《こた》えください——

心の中で呟きながら手を合わせてみたが、いっこうに応えはなかった。

栄朝が戻ってきた。

「何をなすってるんです？」

栄朝は文机の上の幽霊画の元の持ち主が円生だったとは知らない。

「実はね——」

円朝はさすがに黙っていることができずに、花と酒を手向けた幽霊画の出処と、津川亀之介から円生が幽霊になっている話を聞いたと明かした。

「津川様が」

栄朝はいい顔をしなかった。

「で、どうでした？　円生師匠の幽霊は出てきたんですか？」

円朝は首を横に振った。

「世間の噂では、あたしへの恨みゆえだということになっているそうだ。〝冥途の仇討ち〟もあるしね」

円朝は円生の今際の際の言葉についても、栄朝に話した。

「〝冥途の仇討ち〟の話は初めて聞きましたが、たしかに、円生師匠の幽霊は湯島の大根畠の辺りを、うろついているようですよ」

「近所で話を聞けたのかい？」

円朝は身を乗り出した。

「怖くはないんですか」

栄朝は呆れた。

「恨まれているとしたら、取り憑《つ》かれるかもしれないんですよ」

「怖くないこともないし、取り憑かれるのも嫌だが――。本物の幽霊とはどういうものか、知ってもみたいんだよ」

円朝は知らずと微笑していた。

「そうしたら、もっと上手《うま》く幽霊を演じられるかもしれない」

――芸のためならたとえ火の中、水の中、幽霊に取り憑かれてもいい。さすが師匠だ
――いつもながら栄朝は感服した。

「だから、こうしていても、いっこうに円生師匠が出てきてくれないのがじれったい」

円朝は焦《じ》れている証《あかし》にぱちぱちとまばたきを繰り返した。

「たしかにね。これは甘酒屋のおやじの話ですが、円生師匠の家の近くじゃ、始終現れる幽霊を恐れて、隣り近所が次々引っ越してるっていう話です」

「ほう、そりゃあ、また大した怖がり方じゃないか」

「だから、がらーんとしてましたね。円生師匠の家の近くは――。住んでるのは、当の円生師匠の家と後ろにある森北屋《もりきたや》だけでした」

「湯島の森北屋といえば、聞こえた菓子屋だ」

「そうです。加山藩二十万石今田《いまだ》摂津守常成《せっつのかみつねなり》様お声掛かりの老舗《しにせ》で、お国許《くにもと》では町年寄りを務めておられるとか――」

「今田様のお声掛かりとあっては、引っ越しにもお許しがいる。幽霊なんざを怖がっての引っ越しなんぞできはしまい」

「だからまだ残っているんでしょう」

「まさか、おまえ、おりんさん、お園ちゃんに円生師匠の幽霊の話なぞしてはいまいね」

「そりゃあ、そうですよ。あたしは近くがあんまりがらーんとしてるんで、おかしく思って、甘酒屋に立ち寄って聞いたんです。それに幽霊といったって、お二人にとっちゃ、亭主とおとっつあん、なつかしい相手ですからね。引っ越しなんかしやしませんよ。いくら引っ越し代をもらっても――」

「おや、近所が引っ越しするのは、幽霊が怖くて逃げるだけのことじゃないのかい？」

「まあ、それはそうなんでしょうが、幽霊騒ぎだけじゃ、こうまで次々には引っ越しませんよ。引っ越しは物入りですからね。家主《いえぬし》が率先して、店子《たなこ》を引っ越させているんですよ。幽霊の出るような所に住んでもらうのは、申し訳ないことだと言って、大家を通して引っ越し代を弾んでるんだとか――」

「おやおや、ちょいと信じられないねえ」

円朝が円生の世話をするようになったのは、家賃を溜めて一家が追い出されかかった時以来であった。若い時のおりんそっくりの可憐な娘お園が、円朝を頼ってきたのであった。

「景気のいい時は、〝師匠、円生師匠〟と持ち上げておいての仕打ちだったと聞きますからね」

「ということは、家主は引っ越し代を出してまで店子に出て行ってもらった方が、儲《もう》かるということになるねえ」

「どうして儲かるんですかい？　あすこは、幽霊通りってえことになっちまってて、がらーんと、店子のいなくなった空き家は誰一人、住み手がいないんですよ。店賃だって入っちゃこねえんですよ。あたしには家主がとち狂って、柄《がら》にもなく、善行を働いたとしか思えませんがね」

すると円朝は、

「ちょいと湯島まで出かけてくる」

支度を始めた。

四

浅草に住まう円朝は噺と同じ位かそれ以上に草木が好きであった。姿が見えないというと、たいていは襷掛《たすきが》けをして草木の世話をしていた。

「草木はいいね」

円朝はよく栄朝に語った。

凝《こ》った盆栽や高価な灯籠《とうろう》が並ぶ庭はそれなりによかったが、野趣に富んだものの方を好んだ。

「そんなにいいんですか」

ある時、栄朝はそう聞き返したことがあった。栄朝には師匠とはいえ、円朝の心が摑《つか》めないことが多かった。

――草木なぞ、口をきくわけでもなし、色気があるわけでも、食えるわけでもない。どこにも面白いものなぞ、ないやね――

栄朝にとって、円朝の愛《め》でる草木というものは、退屈以外の何ものでもなかった。

「おまえはそう感じないようだな」

言い当てられて困った顔になった栄朝は、

「どこがいいんだか、さっぱり――」

首をかしげた。

「そうか、それならそれでいい」

そう言って円朝は、

「とにかくいい。いいものはいいのだ」

まるで、栄朝の追及を避けるかのように、どしりと重く言葉を止めた。

その円朝は今、大島紬《つむぎ》の小袖《こそで》に紋付きの羽織を着て、亡き師円生の家へ向かって足を進めている。神田川沿いを歩いていて、目に留まるのは、弥生《やよい》に入って次々に芽吹いてきた木々の緑であった。

――普段は別のものも気になるのだが――

別のものというのは、〝別の者〟、人であった。噺家を生業《なりわい》とするからには欠かすことのできない、人間観察であった。外を歩いている時はたいして心がけずとも、道行く人たち、茶屋で隣り合った相手等をながめてしまっている。そして、人々の身形《みなり》から、各々の素性を推したり、あそこに見える男女がどういう心持ちで寄り添っているのか、花見に来ている親子の顔色が青く、冴《さ》えないのはどうしてなのかなどと、さらなる詮索を続けてしまう性《さが》がある。

――けれど、今は気にしようにも気にできない――

円朝はただただ、ひいふうみいと緑の葉の数ばかり数え続けている。

「草木はいいね」

思わず独り言が出た。

続いて、

「人は嫌だね」

栄朝には洩らせなかった本音を呟いていた。

――本当に人は嫌だ――

気分が落ち込んでいた。常に芸のため、研究熱心な円朝だったが、時にどうにも噺の種になるはずの人の群れに、背を向けたくなるのだった。

――円生師匠の幽霊は本当にいるのだろうか。あたしの前で見せた涙は空涙《そらなみだ》だったのか――

亡くなる前、幽霊画を礼の代わりにと携えてやってきた円生は、

「酷《むご》いことをした、悪《わ》かった」

と涙ながらに円朝に詫びて、

「今更、こんなことまで頼むのは恥ずかしいのだが――」

自分にもしものことがあった時はと断って、三遊亭一門の隆盛を取り戻してほしいと、深々と頭を下げた。

初代三遊亭円生によって全盛を極めた三遊亭一門は、二代目円生の時代になって、麗々《れいれい》亭《てい》一門に人気を攫《さら》われていたのであった。

円朝は師匠の死後、精一杯、その約束を果たしてきたつもりであった。円朝は亡き師匠が望んだ通りの盛大な本葬を執り行うために、幾つもの寄席を掛け持ちして、費用を捻《ねん》出《しゅつ》したり、懇意《こんい》にしている席亭に、三遊亭一門の高座を増やしてくれるよう頼んだりと、亡師の想いを叶《かな》えようと奔走《ほんそう》してきたのである。

――あの時、師匠はそれだけを望んでいるように見受けられたが――。幽霊騒動が本当だとすると、無念の想いはそれだけではなかったことになる――

円朝はまだ円生に憎まれているかと思うと悲しくてならなかった。気鬱《きうつ》になりかけたのはそのせいである。だが一方、

――だとしたら、人の心は、はかりしれない。あまりに深い闇だ。それが見えなかったとしたら、あたしとしたことが――

という醒《さ》めた心にもなり、いつしか、

――だから、人は面白い。あたしもまだまだなのだ――

今まで心を翳《かげ》らせていた一抹《いちまつ》の感傷が振り払われて、噺家の円朝に戻っていた。

――きっと、噺家という生業はあたしの救いなのだろう――

前方に湯島の聖堂が見えた。円朝は手前の細道を北へ入り、聖堂をぐるっと回ると、最初の角を右へ曲がり、さらに進んだ。気がつくと、円生の未亡人おりんとその娘が住まう仕舞屋《しもたや》の前に立っていた。

円朝は、格子戸《こうしど》を開けると、玄関へと踏み石を歩いた。手入れのよく行き届いた庭が目に飛び込んでくる。

円生は庭いじりが好きだったが、とにかく几帳面《きちようめん》な性分だったから、春夏には雑草一本なく、秋冬には落ち葉一枚なくという具合に、いつも庭は綺麗《きれい》に掃き清められていた。その頃と少しも変わらない。

――少し窮屈《きゆうくつ》すぎるな――

今頃は緑でさえあれば、たとえ雑草の芽吹きであっても、温かく美しいと円朝には思え

る。

——とはいえ、これは円生師匠が家人に慕われていた証だな——

慕ってなつかしい思い出にしていなければ、故人の好んだのと同じように、庭の手入れをしたりはしないはずであった。

——ああ見えても、きっと師匠はよい亭主で優しい父親だったのだろう——

三遊亭一門が今ひとつなのは、円生の人づきあいが悪いからだと、陰口を叩《たた》かれたことがあった。中には恋女房のおりんが悪いからだ、怠惰《たいだ》な女房に代わって円生が庭掃除をしているのを見たという、明らかに誹謗《ひぼう》としか思えないものまであった。

「邪魔をします」

訪《おとな》いを入れると、

「はーい、ただ今」

奥で声がして、十六歳になる娘のお園が出てきた。

「まあ、円朝師匠」

お園は可憐な白い顔をぽっと赤らめた。しかし、いくらか目が腫《は》れていて、まだ乾ききっていない涙の跡があった。

——泣いていたのか——

痛々しく感じた円朝は、知らずとお園の顔から目を逸《そ》らしていた。

お園は、母親のおりんの若い頃に瓜《うり》二つと言われる器量良しであった。以前、まだ円生

が元気だった頃、栄朝が、

「湯島の師匠の家は居心地が悪いって、弟子たちが言ってますよ。何がどうって言うんじゃないんだそうですけど、おかみさんの身体《からだ》が弱いせいもあって、とかく堅苦しいんだとか——。おかみさんが熱でも出すとうるさいから、夜中に稽古をするなと、円生師匠に叱られることもあるそうですから」

と聞いてきたことがあった。

「そうそう、円生師匠はおかみさんとお嬢さんを前にした晩酌がお好きで、時々誘われる弟子たちには、これもまた、堅苦しいんだそうですよ」

——結局、師匠はここが一番、居心地がよかったのだろう——

円朝は円生の生前通りにきちんと整えられている庭と、お園の顔を、一幅《いっぷく》の絵のように交互にながめた。

「先ほど栄朝さんがいらっしゃいました。いつも過分なお心遣い、ありがとうございます」

お園は丁寧に頭を下げた。

円朝は円生の幽霊の話などおくびにも出さず、

「ちょいと気になることがあって近くに来たのです。挨拶だけで失礼させていただきます」

会って話が訊きたいのは近くの甘酒屋の主《あるじ》であったが、お園は、

「実は今日これから、おっかさんの使いで師匠のところへ伺おうと思っていました」

困惑気味に言った。

「何か急なご用ですか？」

円朝が即座に気になったのは、臥しているおりんの容態であった。

「おかみさんのお具合でも――」

「おっかさん、今日は気分がいい方です。でも、綺麗好きで頑固《がんこ》なところはいつものことで――。まずは、おっかさんに会ってやってください」

「わかりました」

円朝はお園に案内されて廊下を歩き始めた。廊下も顔が映るのではないかと思われるほど、塵《ちり》一つなく磨かれている。

ちらりと目を走らせると、お園の小さな手の指の先は赤く切れている。

――可哀想《かわいそう》に――

円朝の胸が痛んだ。

ほどなく、円朝はおりんが臥している部屋の前に立った。

「少しお待ちください」

先にお園が中へ入った。

「どうぞ」

許されて部屋に入ると、

「おかみさん、お久しぶりでございます」

円朝は正座して頭を垂れた。

「こっちこそ、忙しいおまえに、世話ばかりかけるね」

お園に手伝わせたのだろう、髪を直したおりんは布団《ふとん》の上に起き上がっている。労咳《ろうがい》だと聞いているおりんは色が抜けるように白く、微熱のせいか、大きな目は潤んで、頬《ほお》に紅《べに》で刷《は》いたような赤味があった。

――三十路《みそじ》はとうに過ぎている上、病人だというのに、何とまだ美しい――

円朝は不謹慎ではあったが思わず見惚れた。

五

おりんの部屋からは散り始めた満開の桜が見えた。普段から円朝は、桜はたとえ冬の裸木に雪が積もった〝雪桜〟でも風情《ふぜい》があるが、最も美しいのは散り始めだと思っている。

――満開の桜は極楽夢のようだが、綺麗な人形のようで色気がない。桜に吹く風が色気を醸《かも》すのだろうな――

「師匠は桜がお好きでしたね。内弟子だった頃、庭に花見の毛氈《もうせん》を敷くのを手伝いました」

病のために出かけることのできないおりんのために、円生は庭で花見をした。桜の下に、晴れ着に身を包んだおりん、お園を並べての一献は唐絵《からえ》のように艶《つや》やかだった。ただし、栄朝が聞いてきたように、円朝がいた頃から、やはり弟子たちは、このような地味な花見を物足りなく感じていた。

「おかみさんやお嬢さんが別嬪《べっぴん》なのはわかってる。けど、師匠ときたら、水をやるのはおかみさんたちにばかりだ。何も花見に着物を新調するこたあねえだろう。そのせいで、こっちには水がまわってこねえ。水は水でも気持ちよく酔える水で、みんなで飛鳥山《あすかやま》か大川の土手へ繰り出し、ぱーっとやりてえもんだよ」

などと弟子の一人の遊太《ゆうた》は陰口を叩いた。この遊太は二枚舌だったから、円生が円朝に敵対心を抱いたと見ると、巧みに円生にすり寄って行った。誰が見ても、三代目の名跡がねらいだとはわかっていたが、いざ円生が病の床に臥すと無沙汰《ぶさた》になった。遊太には、相手が師匠で名跡がかかっているとはいえ、身一つで渡世する、蓄えのない芸人の世話をする覚悟など、最初からなかったのである。

「うちの人は桜《はな》なんぞ好きではありませんでしたよ」

おりんは意外なことを言った。

「うちの人はここへ紅葉《もみじ》を植えたいと言ったけど、あたしがどうしてもと――。それから遊太のことも、ついついおべんちゃらが心地よくて、引き立ててやるようにって言ったのに。遊太ときたら、うちの人が倒れたとたん、寄りつきもしなくなって――」

おりんは口惜《くや》しそうに唇を嚙《か》んだ。

「もしかして、師匠が万事に綺麗好きで、几帳面だったのもおかみさん譲りですか」

「ええ、そう」

「それで今も――」

うなずいたおりんは、

「我《わ》が儘《まま》いっぱいしたのはね、いずれ、あたしの方が先に逝《ゆ》くとばかり思っていたからなんだよ。なのに、うちの人ときたら、先に逝っちまって――」

おりんはこみ上げてきた涙を袖でそっと拭った。

「おまえには、一度、謝らなくちゃいけないと思ってたんだよ。おまえのことをよく思っていなかったのは、うちの人じゃなくてあたしなんだ」

「おかみさん――」

唖然《あぜん》とした円朝は、かろうじて、〝どうして〟という言葉を呑みこんだ。

「だって、綺麗だとか、可愛《かわい》いとか、あたしのことを少しも褒《ほ》めちゃ、くれなかったんだもの」

一瞬だったが、おりんの顔に妖しい媚《こ》びが浮かんで消えた。

「女なら誰だって、おまえのような男にちやほやされたいものだ。それがおまえときたら、色気をふりまくのは高座でだけなんだっていう話で。あたしはずっとこんな身で、聞きに行きたくても行けやしない。つまらない。おまえの噺が聞ける女たちが妬ましい。それであたし、ついついおまえのことを、思い上がってる、師匠を師匠とも思ってない、なんてうちの人に告げ口したんだ」

「それはひどいです」

さすがに円朝は顔をしかめた。だが不思議に心からの怒りは湧《わ》いてこない。知っているおりんは、いつも寡黙《かもく》でつんと澄ました、近寄りがたい様子をしていた。

そして今、

――おかみさんはきっと、こんな調子で円生師匠に甘えていたのだろう。それにしても、ここまでの甘え上手は得だな。たしかに美人の甘えは可愛い――

と円朝は合点していた。

「すると、円生師匠はあたしにご不快だったことはないのですね」

念を押した円朝は、重くなりがちだった気分が軽くなるのを感じていた。

「高座でおまえが演《や》る噺の演目を、先に演っちまうよう言ったのは、あたしだもの。うちの人は気が進まないようだったけど、演ってくれないと熱が出るなんぞと言って、あたしが脅すもんだからうちの人――」

「そうでしたか」

「あたしが何のかんのと言わなければ、うちの人はおまえを三代目にしたはずだよ。地味な自分の芸と違って、おまえのには初代三遊亭円生を継ぐ華があるって、いつも褒めてたから」

身振声色師《みぶりこわいろ》だった初代三遊亭円生は、座ったままで役者の身振りを真似《まね》るのを得意とし、大変な人気を博して、芝居懸《がか》り鳴り物入りの元祖とされていた。円朝が三遊亭の門を叩いたのは、父の勧めもあり、この初代の華麗な芸にあこがれてのことであった。

「口先だけで謝っても仕方ないね」

おりんは枕の下に手をやって、紫色の袱紗《ふくさ》を取りだした。

「さっき、おまえのところからいただいたものだよ。本当はおまえからいただける筋ではないが、いただかなければ、今までは暮らしていけなかったんで、恥ずかしい、浅ましいと自分を責めつつ、ついつい——。だけど、これからは何とか糊口《ここう》がしのげるようになりそうで——、だから、これを」

おりんは細い腕で、握っている袱紗包みを円朝に差し出した。

「どうか、納めておくれ」

「それは——」

円朝は首を横に振った。

「一度そちらに納めていただいたものです」

「それでは、おまえが納めるまで、あたしはこうしていますよ」

おりんは円朝に向かって手を伸ばしたままでいる。疲れたのか、次第におりんの腕が下がってきて、畳の上に落ちた袱紗包みの中から小判がこぼれた。

はあはあと息を切らしながら、おりんは身を乗り出して、袱紗と小判を拾おうとする。

「何としても納めてもらわなくては——。それにおまえには頼みたいこともあるんだよ。おまえが聞き届けてくれるかどうかは別として、あたしゃこんなもので借りを作りたくはないんだ」

おりんは凄《すご》みのある声を出すために、全身の力を振り絞った。

見かねた円朝は、

「わかりました。しばらく、あたしが預からせていただきます」

畳の上の袱紗を手にとり、小判を包んだ。そして、襖《ふすま》を開けると、廊下に控えているお園に、

「おかみさんを寝かせてさしあげてください」

と声をかけた。

その後、円朝は円生の位牌《いはい》に灯明《とうみょう》と線香を上げた。

――師匠、あなたがここで、幽霊におなりになっているのだとしたら、お目当てはやはり、おかみさんやお園ちゃんに会うためなんでしょうね――

「円朝師匠」

お園に声をかけられた。

「ちょっとお話が」

「あたしの方もお訊きしたいことがあります」

「師匠がおいでになったのは、もしや、おとっつあんの幽霊のことでは――」

「ああ、気になる話を耳にしたものですから。でも、さっきおかみさんと話して、そのことは、もうよくなりました」

「師匠は、おっかさんに幽霊のことを話したのですか？」

お園は不安そうに円朝を見た。

「いいえ――」

病人を相手に幽霊の話は不吉であった。

「よかった」

お園は胸を撫で下ろした。

「おっかさんには、おとっつぁんの幽霊の話はしていないんです。ただでさえ、おっかさん、このところ、おとっつあんに迎えにきてもらいたい、早く向こうへいきたいって、そればかりなものですから。ひとりぼっちになるあたしの気持ちも知らないで――」

お園は目をしばたたかせた。

「ところで、おかみさんから返された、これなんですが」

円朝は懐から袱紗包みを出した。

「気を悪くしないで聞いて下さい。おかみさんはこれを返してきた時、『これからは何とか糊口がしのげるから』っておっしゃってました。それはいったい、どういうことなのですか」

おりんは寝付いており、お園はその世話をしている。内職も奉公もままならないはずだった。そんな二人にどんな糧《かて》が降って湧いたというのだろうか。

「実は、うちの蔵を借りたいっていう人が出てきたんです」

六

「裏庭の蔵ですね」

円生の家の裏庭には小さな土蔵がある。そこには円生が趣味でもとめた幽霊画や骨董《こっとう》などがしまわれていた。円生は画や茶器などをながめたくなると、弟子に命じて、目当てのものを取りに行かせたりすることがあった。円朝にとっても、勝手知ったる蔵ではあった。

「蔵に住むっていうのですか」

あまり聞かない話である。

「籠《こ》もって勉強されるのだと聞いています」

「勉強のために籠もるなら、他所《よそ》にもっと適した処《ところ》があるでしょうに」

「そうですね」

うなずいたお園の目が翳った。

「正直、どうしてうちの蔵なんて選んだんだろう、って思いました」

「ところで、いったいどんなお人なんですか？」

「大家の源三《げんぞう》さんの知り合いの人で、上方の人だとか——。名は勝浦貞山《かつうらていざん》様」

「骨董屋じゃないのですか。円生師匠は骨董がとてもお好きでしたから、相応のお宝もあるんじゃありませんか」

円朝は幽霊画は売られてしまっていたとしても、せめて、生前、円生が愛でていた、仏像や大黒、掛け軸や屏風《びょうぶ》、白磁の壺などはまだ蔵にあってほしいと願った。

「しかし、骨董屋なら、何も蔵を借りるなぞと言う必要はないか――」

「骨董屋さんなぞでは、ありませんよ」

お園は侘《わ》びしげに笑った。その笑い方は、

「芸ってえものは、精進《しょうじん》が一だが、持って生まれた才には敵《かな》わねえ。それから、苦手なものはどうやったって得手《えて》にはならねえ。こりゃあ、もう諦《あきら》めるより、仕方がねえやね」

と円朝に洩らした晩年の円生の、投げやりながらも穏やかな笑いを思い出させた。

――お園ちゃんは見目形こそおかみさん譲りだが、気性は生真面目《きまじめ》で不器用だった師匠に似ている。師匠とは血を分けた父娘《おやこ》ではないが、幼い頃から一緒に暮らしていると似るんだな――

「蔵の借り手は勝浦貞山と言いましたね」

「ええ」

「聞いたことはないが、絵師のような名ですね。絵師なら、中の画を借りるならともかく、蔵に籠もるのは合点がいきませんね」

「絵師じゃ、ないようです。こんこんと音が絶えませんから、面を打っているのではないかと、おっかさんは言っています」

「なるほど、面打師なら、面に人の心を刻むために、籠もりたくもなるかもしれない」

「それにうちの蔵には、もう幽霊画なんて残ってませんから。めぼしいものは、おおかた、病気だったおとっつあんが売り払っちまいましたから」

お園はまた、あの円生似の笑いを見せた。

――師匠はおりんさん似のあの幽霊画だけは売らずに、あたしのところへ届けてくれたのだ――

円朝は胸が熱くなった。

「勝浦貞山とやらの姿を見たことは？」

「鍵は渡してあります。夕方来て、朝、暗いうちに帰るので、後ろ姿しか見かけたことはないんです。背中が曲がったお年寄りです。白い総髪で――」

何だか、人目を避けているようで円朝は気になった。

お園は先を続けた。

「師匠に助けていただいて店賃が払えるようになったからでしょうか。大家さん、三月ほど前から、うちに訪ねてくるようになったんです。こちらが訪ねて行った時とは、打って変わったにこにこ顔で、引っ越しにかかるお金はおつりが来るほど出すから、どうか、ここから引っ越してくれないかって」

「ふーん。三月前というと、幽霊騒動が初午の頃だから、それより二月《ふたつき》前ですね」

――大家が引っ越しを促していたのは、幽霊騒動の前からだったのだ――

「もちろん断りました。おっかさんは病みついてますし、ここにはおとっつあんの思い出が染み付いてますから。そうしたら、早く治るようにって評判の医者まで連れてきて、おっかさん、あんな気性ですから、お医者を追い返した後に、あたしは塩をまかされました」

「そのうちに円生師匠の幽霊騒動が始まった」

「おとっつあんの幽霊を見たという人が何人も出て、困った大家さんが、またしてもうちに来て、どうしても、引っ越してくれって――。あたしたちがここに住んでいるから幽霊が出るんだ、迷惑なんだ、後生《ごしょう》だから引っ越してくれって。でないと、自分が家主さんから叱られて路頭に迷うことになるからって」

「そのうちに、近くの家が次々に引っ越して行ったんですね」

「ええ。そして、大家さん、これだけは聞き届けてくれって、泣きすがらんばかりに言ってきたのが、裏庭にある蔵を貸すことだったんです」

「ほう、蔵貸しは大家に頼まれたんだ――」

「そうなんです。根負けしたおっかさんが、使っていない蔵を貸して、ここにいられるなら、それでいいって言いだしたんです。蔵貸しでいただくお金は、引っ越し代同様、やはり法外でしたから、おっかさん、これで師匠にこれ以上、お世話をおかけしないでもすむ、今度、栄朝さんが届けてくだすったら、今後、このようなお気遣いはなさらないようにと、丁重にお断りするようにって、きつく言われていたんです。でも、あたしは蔵を貸して、法外なお金をいただくのは、何かあるんじゃないかって不安でしたから、おっかさんには内緒で、先ほど、栄朝さんが届けてくださったのを、有り難くいただいておいたんです。

でも運悪く、その時のやりとりが、昼寝から醒《さ》めたおっかさんに聞こえて、言い合いになって。とうとう、あたしが折れて、師匠のところへお返しに伺うことになっていたんです」

お園は、母とはいえ気むずかしい病人の看病に、疲れ切った様子でうなだれた。

円生の家を出た円朝は、栄朝が話を聞いたという、通りに面した甘酒屋〝巴《ともえ》〟に入った。

円朝が赤い毛氈の敷かれた床机《しょうぎ》に腰を下ろすか、下ろさないうちに、

「旦那《だんな》、三遊亭円朝だね」

前掛けをしめた赤ら顔の主がすり寄ってきた。

「聞きしに勝るいい男だね」

まじまじと円朝を見つめた。

「あたしは六助《ろくすけ》ってえここの主なんですが、こう見えても、噺にだけはうるさい方なんですよ」

鼻息荒く言った。

「このところ、贔屓は何といっても三遊亭なんでさ。よかったねえ、先月の演目は。円朝の高座を聞きゃあ、何人もの立役《たちやく》と女形《おやま》の声が聞けるってね。いつもながら惚《ほ》れ惚れしましたよ」

人気役者の声音を真似るのは、円朝の芸の一つではあったが、それだけではない。円朝

の創作芝居噺の中では、身振り手振り鳴り物入りで、各々小屋が異なり、決して共演などするはずのない名だたる役者たちが、自由自在、夢の共演を実現するのであった。

「そう言っていただくとうれしいですね。ありがとうございます」

円朝は頭を下げて、甘酒を注文した。

「何の何の、こっちこそ、会えてうれしいやね」

すぐに甘酒を運んできた六助は、

「それで、今日は何なんですかい？」

好奇心丸出しで訊いてきた。

「それは――」

円朝が甘酒を啜ってその先を続けないでいると、

「やっぱり、これでしょう」

六助は両手をぶらぶらとさせて幽霊の真似をした。

「噂を聞いて、気にしなさってるんじゃないかと――」

「ええ、まあ」

「さっき見えたお弟子さんも気にしなさってましたよ」

円朝は心の中でやれやれと溜め息をついた。

「ところで源三という大家さんを知っていますか」

何はともあれ、源三について知りたかった。

「ああ、あの因業《いんごう》大家のことか」

六助は苦い顔になった。

「幽霊騒動に戦《おのの》く店子たちを気の毒に思って、過分な引っ越し代を付けて、立ち退《の》かせたという、仏の大家ではないのかな」

「まさか。因業は因業のままですよ」

六助は言い捨てた。

「源三さんは、ここへ立ち寄ったことがあるんだね」

「あるある。よく来るね。酒は下戸《げこ》だが甘酒は飲めるってえ体質《たち》で、二杯、三杯飲むとほろ酔い加減で、始末の悪い自慢話ばかり聞かされる。むかむかするが、客だと思って我慢してるんですよ。思い出すのも胸くそ悪い」

「そのむかむかする自慢話を聞かせてください」

「何でまた――」

と六助は言いかけて、

「そうか。噺のネタになさるんですね。たしかに落とし噺に因業大家は欠かせないやね」

落とし噺というのは、洒落《しゃれ》などを使って、最後にこれは実はこうだった、こうなったと、予想していない展開を示して、聞き手をあっと言わせる手法であった。因業な大家が奉行の機転で懲《こ》らしめられる、〝大工調べ〟という噺もこれに入る。落とし噺は噺の王道であった。

勝手に思いこんでしまった六助は、
「どうか、〝大工調べ〟か〝唐茄子屋《とうなす》〟のように、因業大家を懲らしめてやってください
よ」
と言った。〝唐茄子屋〟の方は一念発起した大店《おおだな》の放蕩《ほうとう》息子が欲深な大家を懲らしめる
噺だが、これといった落ちはなく、のどかな人情噺であった。
「そうはいっても、あたしはお奉行様でも大店の倅でもありませんよ」
「何をおっしゃる。師匠の得意芸は女たちをとろけさせる怪談だけではないはず。噺なら
どんなものでも聴かせてくれる。あたしは、師匠の落とし噺、特に〝高田馬場〟なんて大《で》
好きで」
〝高田馬場〟は仇討ちを見物に行った人たちが、仇討ちのあるという高田馬場近くに居並
ぶ茶店で飲み食いし、なかなか仇同士が揃わないので焦れていると、実は仇討ちは店を繁
盛させるための絡繰《からく》りだったとわかる、典型的な落とし噺であった。
「円朝師匠の〝高田馬場〟は悪がきみたいな〝あかんべー〟さ。騙《だま》される奴らを〝めでて
え馬鹿だ〟って、思いきり、笑い飛ばしてるのがいいよ。落とし噺は多少、意地が悪くて
棘《とげ》がねえとつまらねえ」
そう言った六助はふと、思い出したように、
「そういや、亡くなった円生師匠は落とし噺が今いちだったたね。〝九州吹戻し〟なんてえ、
地味な人情噺は天下一品だったが――」

〝九州吹戻し〟とは、ゆえあって江戸を追われた男が九州で成功し、何とか故郷《くに》に錦を飾ろうと船旅を試みるが、なぜか何度試みても、天候の具合で九州に戻ってしまうという、望郷ゆえの悲哀が語られる人情噺であった。

「ね、円朝師匠、そうでしょ」

「きっと円生師匠は意地が悪くなかったんですよ」

相づちをもとめられた円朝は、的を射た円生評だっただけに、そんな言葉がつい口を突いて出て、──これ以上はまずい──

逸れた話を元に戻すことにした。

「すみません。教えてほしいのは、大家の源三さんのことでした。そっちをお願いしたいんです」

頭を下げて仕切り直した。

七

「そういや、そうでした。悪い癖でしてね、噺のことになると、つい夢中になっちまうんですよ」

六助は頭を掻《か》いた。

「いつだったかあたしが、『空き家ばっかし増えちまって、店賃が入《へぇ》らねえんじゃ、てえへんですね』って、あの大家に言ったことがあるんですよ。すると、こう言うじゃありませんか。『そんなことは、おまえのような貧乏人の考えることだ。人が住んでいないから、店賃が入らないということもないのだ。引っ越しをさせた後の空き家を、全部借りてくれるお方がいるんだからな』ってね」

「つまり、店賃だけ払って住まない借り手がいるっていうことですね」

「そのようで」

師匠の蔵を借りているのも、その借り手なのだろうかと円朝は気にかかった。

すると突然、若い娘特有の芳《かんば》しい脂粉《しふん》と鬢《びん》付け油の匂《にお》いが、春風に乗って円朝の鼻を突いた。

――こりゃ、いけない――

円朝にとって若い娘たちは有り難い客であり、また、食いついたら離れようとしない鼈《すっぽん》のようなものでもあった。

あわてて円朝は顔が見えないように後ろを向くと、背を丸め、首を縮こめ、肩を落として、ごほごほと年寄り臭い咳《せき》をして見せた。どう見ても、後ろ姿は老爺《ろうや》である。

「おじさん」

娘たちの一人が六助を呼んだ。

「あたしたち、わざわざ深川から来たのよ」

「ここね、幽霊の話を聞かせる甘酒屋っていうのは――」

「甘酒の味もいいっていう評判よ。うんと美味しいのをお願い」

「へいへい、ただ今」

六助は精一杯愛想のいい声で応えた。そして、それから半刻《はんとき》（一時間）ほど、甘酒の湯呑みを手にした娘たちを相手に、幽霊の話をすることになった。

六助は気取った声で、

「幽霊というものは人には見えぬものと申しますが、見える人もおりますし、また時に誰にでも見えることがあるのでございます」

と話しはじめた。

「あら、おじさん、ずいぶんすらすらと出るのね。まるで噺家みたい」

――なかなかの摑みじゃないか――

円朝は感心した。声音の使い分けもあって、身振り手振りも達者なものである。

――さすが噺好きだけある――

しかし、話に、

〝三遊亭ィ――、円朝ゥ――、わが身の無念、お恨み申しあげるゥ――〟

と恨めしげに、円生の幽霊が出て来ると、

「ってことは、この近くに住んでた円生って人は、あたしたちの円朝様の鬼師匠で、死んでも円朝様を呪ってるっていうのね」

「まあ、怖い」

「円朝様、可哀想」

「円生師匠なんて嫌い」

「もうやめて」

娘たちがやっと立ち去ると、

「さぞかし、耳障《みみざわ》りでござんしたでしょう」

六助が二杯目の甘酒を円朝に差し出した。

「仇討ちの代わりに幽霊騒動。おやじさん、これじゃまるで、高田馬場じゃないか」

さすがに円朝も渋い顔になっている。

「実を言うと、申しわけないことながら、こっちは幽霊騒動で潤ってるんで」

人の好い六助は、心からすまなそうな顔をした。

「怖いもの見たさで、騒ぎを伝え聞いた人が遠くからもやってくるんですよ。まあ、化けて出てるってえのが、ただの人じゃねえあの円生師匠で、恨んで化けて呪う相手が、今をときめく三遊亭円朝ともなるとね、こりゃあ、面白れえ、見逃せねえって、思うのが人の常なんで」

「なるほど」

「そのうちに、どうした弾みか、うちの〝巴〟の――巴ってえのは、死んじまったかかあの名なんですが――甘酒は旨《うま》い、ってえことになって。別にどうってことのねえ甘酒なんですがね」

六助は頭を掻いた。

「ところでおやじさんの話は、師匠の幽霊を見たって人から聞いたものなのかい」

「さすが、師匠。見破られましたかい――」

六助はばつの悪い顔になった。

「円朝師匠の〝四谷怪談〟のお岩さんの恨みのくだりを、円生師匠に代えて演りました」

「だと思った」

円朝はにやりと笑った。

「すいません、すいません」

六助はぺこぺこと頭を下げ続けた。

「となると、見た人に聞いた話じゃないね」

「そうですよ。大家の話じゃ、幽霊を見たっていう人は、次々引っ越しちまったそうですから」

「またしても大家か。大家の話は頼りにならないよ」

八

「どうでした？」

家に帰って来た円朝を出迎えた栄朝は興味津々《しんしん》であった。炊事は常から不得意な方で、気がそぞろな時の習い性なのだが、飯炊きの火加減を疎《おろそ》かにしていた。出来上がった飯に芯がある。

「すいやせん」

栄朝は縮こまった。

「仕様がないねえ」

呆れた円朝は、羽織を脱ぐと大島紬の小袖の上に白い襷を掛けた。栄朝がその羽織を畳んでいる間に、円朝は七輪を庭に運んだ。

「せっかく、旬《しゅん》の鰆《さわら》が手に入ったんだ。そいつをおまえに台無しにされては困るから、鰆はあたしが焼くよ。その代わり、おまえは芯がなくなるまで飯を粥《かゆ》に煮るんだ。夕餉《ゆうげ》が終わったら、聞きたいことをちゃんと話してやるから、粥だけは焦がさぬよう、いいかい、決して目を離してはいけないよ」

そう厳しく言い渡すと、円朝は縁先で鰆を焼きはじめた。

脂の乗った鰆はこんがりと美味《うま》そうに焼けたが、粥との取り合わせでは何とも侘びしかった。

「師匠、これにはやっぱり、びしっと飯粒が立った飯でないといけませんね」

栄朝はふーっとため息をついた。いつになく、栄朝の箸《はし》は動きが鈍い。

「ほんとにすいやせん」

謝りながらも栄朝はぷっとふくれている。そして、

――こういう時、どうして、師匠はがつんと一発、あたしを殴っちゃくれねえんだろ。

がつんとやられて、「栄朝、食える飯を炊きなおせ」と言ってくれた方がどれだけいいか

不満を募らせていた。

噺家の修業は職人同様に厳しいものである。他の噺家の弟子たちの話を聞いていると、師匠の前で稽古《けいこ》をしていてとちると、口より先に手や物が飛んでくるという。中には、稽古の時ではなく、酒乱の師匠に頭から血が噴き出すほど殴られ、医者の世話になるほどの目に遭ったという者もいた。

片や栄朝は円朝の門下になってからというもの、一度として折檻《せっかん》されたことがなかった。そのことを弟子仲間に話すと、

「そりゃあいいや、あんたは本当に運がいい」

羨ましがられたが、円朝師匠がこんな具合なのは、自分に才がないと見限っているからなのかもしれないなどと、思い悩むこともあった。

「栄朝は粥が嫌いのようだな」

円朝はあまり減っていない栄朝の膳の椀《わん》を見ていた。

「何か理由《わけ》でもあるのか」

飯炊きをしくじるたびに、粥に直して食べさせられてきたが、理由を訊かれるのは初めてであった。

「子どもの頃、おとっつあんが長く患《わずら》ったことがあって、その時は毎日、顔が映るような

粥ばかりでしたから。ところで、師匠はお好きなんですか」

栄朝は円朝の椀を覗《のぞ》いた。円朝の椀は空になっている。

「粥が旨いと感じるのは病の時に限る」

「じゃあ、何でいつも、炊き直せとおっしゃらないんです?」

栄朝の顔はむくれたままである。

「病でないのに粥を啜るのは貧乏人のすることでござんすよ。師匠ほどになれば、わざわざ、旨くもない粥なぞ啜らなくたって――」

言いかけた栄朝に、

「それは違うぞ、栄朝」

鋭く円朝は遮った。

「米はただ、野にあるものではない。人の手が作り出す食べ物だ。米だけではなく、人が作った食べ物を無駄にするのは、人の心を踏みにじることだ。人の心を踏みにじっておいて、人の心を打つ噺などできはしないんだよ」

栄朝は、はじめて、

――痛てえ――

心が悲鳴を上げたくなるほど、強く殴られたと感じた。

――たしかに、これは、拳でやられるより、よほど効き目のある言葉だ――

円朝に見限られていないことがわかって、ほっとした栄朝は自然と笑みが浮かんできた。

そして、

「ここらで、気にかかってならなかった、師匠の方の按配《あんばい》を、お訊きしてよろしいでしょうか」

唇を引き結んで無理やり笑みを消すと、神妙な顔で円朝の言葉を待った。

こともあろうに、円生師匠に恨まれるなんぞ、師匠にとっちゃ、一大事のはずだとは案じつつも、ついつい野次馬根性が優先して、

「幽霊は本当なんですか。出たんですか、それとも誰かが——」

はやる気持ちを抑えられなかった。

そこで、円朝は湯島の家でのおりんやお園の話から始まって、甘酒屋の主から聞いた〝高田馬場〟まがいの幽霊騒動についてまで話した。おりんが話してくれたことについてだけは、ただ遊太に比べて気の利かない弟子だった自分が疎《うと》まれていたようだとぼかした。いかんせん、おりんの話は正直だが赤裸々《せきらら》すぎる。

「あのおやじ、あたしには自分が見たような勢いでしたよ」

「噺が好きだから、ついそうなってしまったのだろう」

「ってえことは、幽霊なんていねえわけで、これはまちげえなく師匠への嫌がらせですね。大家は家主に頼まれて幽霊騒動を起こしたんですよ」

「だといいんだが」

円朝は頬に片手を当てて考えこんでしまった。その思い詰めた横顔がやや窶《やつ》れた印象で

悩ましい。

——女のことを考えているわけでもないのに、どうして、師匠はこうも艶っぽいんだろう——

栄朝がため息を洩らしかけると、

「あたしへの嫌がらせだけで、大枚を払って店子に引っ越しをさせたり、師匠の家の蔵まで借りるものだろうか」

円朝は両手で頭を抱え込んだ。

「わからない、ここからがどうしてもわからない」

「たしかにそうなんですが、こればっかりは、家主の後ろで糸を引いてる奴がわからねえと——」

栄朝は控えめに小さな声で言った。

「その通りだ」

いつになく円朝は大声を出した。

すると、

「お邪魔しています」

いつの間にか、後ろに立っていたのは津川亀之介であった。

「先ほど師匠が話されていたことを——、立ち聞きをするつもりはなかったのですが、つい、——」

津川は顔を赤らめた。

九

「師匠、わたしに調べてくれとおっしゃった件ですが、一つわかったことがあるんですよ」

「幽霊話の噂についてですね」

「ええ。どうやら、噂の出処は湯屋のようで――」

「湯屋か、なるほど」

たしかに湯屋なら、数多くのさまざまな人々が集い合う。しかも、石榴口《ざくろぐち》を抜けて入る湯槽《ゆぶね》の中は暗く、誰が誰だかよくわからない。人に悟られず、噂を流すには格好の場所であった。

「ちょうど親戚《しんせき》の一人が霊雲寺《れいうんじ》東隣りの三組町《みくみまち》にいましてね、ふと思いついて訊きに行ってみたんですよ」

「それはご足労をおかけしました」

円朝はねぎらったが、

――同じ所へ出向いていたのか。くわばら、くわばら、よく出くわさなかったものだ――

内心ひやりとした。

「途中、円生師匠の家に立ち寄って訊いてみようかとも思ったのですが、止《よ》しておきました。遺された家族の気持ちを思うと、まさか、『主の幽霊が出て三遊亭円朝を呪っているという噂ですが、心当たりはありませんか』とも訊けませんからね――」

津川は苦笑いを浮かべた。

――よかった。お園ちゃんの言うとおり、師匠の幽霊の話なぞおりんさんの耳には入れられない――

「それでご親戚の方は何と？」

円朝は先を促した。

「実は親戚というのは母方の叔父《おじ》で、湯屋の主をしているのです。その叔父が番台に座っていて、湯槽から出てきた女たちが着替えながら、興奮した様子で、こんな話をしているのを聞いたそうです。『今の話は本当だろうか？』、『この界隈《かいわい》に円生師匠の幽霊が出るんだって』、『本当でしょ、近くに住む人たちが、足のない木魚頭を見たっていうんだから』、『あの世へ行っても、三遊亭円朝の人気が妬ましいそうだ』、『いずれ、円朝は取り殺されるかもしれない』などと――」

「流れている噂の通りですね」

「その後、叔父は湯屋の主たちの寄合で、女湯の客たちが幽霊の噂をしているのは、自分のところだけではないとわかったそうです。妻恋町《つまごいちょう》、同朋町《どうぼうまち》、本郷一丁目なぞの湯屋の板の間でも、湯槽から出てきた女たちが、同じような話に興じていたということなのです」

「ということは、噂が流されたのは女湯の湯槽ですね」

「そのようです。それについてはこんなことも聞きました。妻恋町の湯屋でしたか、女たちの一人が、『それにしても、さっきの女の人の声、やけに太くて、女形の沢村松之丞《さわむらまつのじょう》みたいだったわね。でも、しゃがれ気味で松之丞が風邪を引いたみたいだった』と言って、他の女たちも、『そうだ、そうだ』と笑い転げたとか――」

「つまり噂を流していたのは男だったわけですか」

「板の間の仕切りはあって無きがごとしの代物ですし、男湯と女湯が別になっているとはいえ、石榴口のあたりは暗いですからね。女湯に聞こえるように話したのでしょう。だとしても、けしからん奴ではありますが――」

「そうですね」

円朝は相づちを打った。

――沢村松之丞の声か――

「どうされました？　何か思いついたことでもおありなのですか？」

津川が円朝の顔を覗き込んだ。

円朝は気持ちの揺れを見透かされたかと、たじろぐ思いだったが、

「噂の出処が湯屋なら、幽霊を見たと言っている人たちは、本当に見たのだろうかと気にかかっていたのです」

とりあえず、気になっていることの一つをぶつけてみた。

「それについてはおいおい、あのあたりの借家から越して行った者たちの話を、訊ね回ってもいいのですが」

「しかし、幽霊話だけで、他に何も起きていないというのに、これ以上、津川様に働いていただくのはご迷惑でしょう」

「いやいや、師匠の頼まれ事ならば、この津川亀之介、厭《いと》いはいたしません。それに、女湯で噂を流していた奴は、見たという者たちから聞いて話していたのかもしれません。だとしたら、やっぱり幽霊はいるのですから、師匠が心配です。与太話《よたばなし》なのか、真実なのか、しかと確かめますよ」

そう言い残して、津川は帰って行った。

「別に津川様と師匠の話を、立ち聞きしていたわけじゃねえんですが」

津川と言葉を交わしたくなくて厨《くりや》に引っ込んでしまっていた栄朝が、おずおずと座敷に顔を出した。

「狭い家だ、聞こえるのだろう」

円朝は茶を飲んでいる。

「何で師匠は、これには、大家が絡んでるにちがいない、っておっしゃらなかったんです？」

「そうなのだが」

それきり円朝は黙り込んだ。

「春だというのに冷えてきましたね」

「お茶、淹れ替えましょうか」

栄朝が話しかけても円朝は答えず、何やら深く思い悩んでいる様子で、頬杖《ほおづえ》をつき、

「こんな時どうしたものかと、せめて、幽霊の円生師匠にでも、お訊きしたいものだ」

とだけ言った。


翌日、甘酒屋〝巴〟を訪れた客が、匕首《あいくち》で胸を一突きにされて死んでいる主を見つけた。

津川から報《しら》せを受けた円朝は、番屋の土間に横たえられている骸を見せられ、

「間違いありません」

震える声でうなずいた。

「甘酒屋の主、六助と名乗った男です」

津川は岡っ引きの辰吉《たつきち》と一緒にいた。

「こいつは大家の源三だ。本物の六助はもっと年寄りだそうだ。はじめは主六助が殺されたのだとばかり思い、親戚を呼ぶと、みんな首を横に振った。その中の一人、菊坂《きくざか》で同じく甘酒屋をやっている奴が、死んでいるのは大家の源三にちがいないと言ったんだ。そいつの話では、何でも六助は巴という女房と二人、近く引っ越すことになっていて、その前に骨休めでもしてはと、引っ越し代の他に、大家の源三からかなりの路銀を渡され、今頃は箱根で結構な湯治《とうじ》三昧《ざんまい》をしているそうだ」

──気づかなかったな。あたしとしたことが、すっかり甘酒屋だと信じていた。だが、考えてみれば、円生師匠と親しかったから、いろいろくわしかったのか。それにしても、あの男、満更、悪い性には見えなかったが──、人は見かけによらないのだな。まだまだあたしは観察も修業も足りない。大家が演じた、噺好きでお人よしの甘酒屋、なかなかの出来だったが、まさに一世一代の形見になってしまったとは──

「しかし、どうして源三は六助になりすましたのでしょうか──」

「その理由はまだわからぬが、幽霊話をでっちあげて、店子たちを引っ越させたのは、六助に化けるためだったのは明らかだ。近くに見知った者がいなければ、化けるのはたやすいからな。死んだ大家の店子で残っているのは、円生師匠の家と甘酒屋だけになっていた」

「たしか円生師匠の家の南隣りは今田様の御用をつとめている菓子屋さんでしたね」

「そうだが、森北屋は今田様の御用をつとめている菓子屋だからね、菓子屋と言っても、そんじょ、そこらの菓子屋じゃねえ。もちろん、あそこの土地も自前だよ。源三とは関係ねえ」

津川に代わって、立ったまま、器用に貧乏ゆすりをしていた辰吉が答えた。まだ三十路前の辰吉は身体こそ十人並みだったが、頬骨が高く、奥目がぎょろりと人並み外れて大きかった。

その辰吉に思わず円朝が見惚れたのは、殺した女房につきまとわれる夫伊右衛門《いえもん》を、恨み言を言い募る亡霊のお岩と交互に、各々異なる表情と声音で演じ分ける、高座の〝四谷怪談〟を思いだしていたからである。

――滅多にない凶相だ。鬼気迫る荒《すさ》み方だと言われるあたしの伊右衛門さんも、とうてい、この男にはかなわない――

十

円朝は、しばし源三殺しのことを忘れ、辰吉のぎらぎらした目の輝きや、酷薄そのものといった薄い唇に目が吸い寄せられていた。はっと気がつくと、

「うーん、残っていたのは、円生の家、甘酒屋、森北屋か――」

何やら津川は首をかしげながら、ぶつぶつと呟き続けている。

「いや、なに、先ほど師匠がおっしゃっていた、源三が六助になりすましていた理由を考えているんですよ」

津川は言葉を改めて、円朝の耳元で囁《ささや》いた。しかし、すぐにじろりとこちらを見た辰吉の鋭いまなざしに気がつくと、

「といっても、森北屋の店も土地も自前だからな。残るは円生の家と甘酒屋――。どうにもさっぱりわからん」

わざと大声で言って、日頃の口調になった。

円朝が番屋から家に戻ると、

「ちょいと待ってくださいよ」

玄関で待ちかまえていた栄朝が、手に握っていた塩をまいた。

「よりによって、会ったばかりで殺された相手の首実検だなんて、師匠、縁起でもない、たいした災難ですよ。勘弁してほしいです。死人は円生師匠の幽霊で間に合ってますてぇんだ」

「しかし、今度の幽霊は、今晩あたり、栄朝、おまえのところにも出て来るかもしれないよ。だって、昨日、おまえも生きている甘酒屋〝巴〟の主六助に会っているんだから」

「嫌ですよ、師匠、脅さないでください」

栄朝はぎょっとして青ざめた。

そこで円朝は大家の源三が六助になりすましていたことを告げた。

そして、しばらく自分の部屋の文机の前に座っていたが、栄朝を呼ぶと、

「いいかい、栄朝、あたしは今日、湯島へ行くよ」

と言って立ち上がった。

「だって、今日は高座がありますよ」

「だからその後だ」

「そんな時分に？　真打ちが跳ねになる頃は夜の夜中と決まっています」

「だから、今日は円生師匠のところへ泊めてもらうつもりだ」

「ええっ？　円生師匠のところにですか？」

栄朝は目を丸くした。円生亡き後、円朝がおりんとお園のところに長居をしたことなど、ついぞなかったからである。

ましてや、夜中に訪問するとは、いったい何が目的なのだろうか。栄朝は気にかかったが口には出せなかった。日頃、穏やかな円朝が、一旦これと決めたことに口出しすると、

「それはあたしのことだよ」

いとも素っ気なかったからである。

「一つ、二つ、頼まれてほしいことがある」

円朝は呉服屋に頼んで、緋色の襦袢が見えるよう、短めにこしらえてもらっている黒い小袖に羽織を重ねた。栄朝はてっきり、羽織の紐《ひも》を結ぶことかと勘違いした。

――めずらしいこともあったもんだ――

「あたしは人に、たとえそれが弟子でも、身支度を手伝ってもらうのは嫌いなんだ」

円朝の口調はいつも通り優しかった。

「すいやせん」

栄朝は頭を掻いた。

「あたしはきっと、とんだ欲張りなんだろう。他人《ひと》に着せてもらったり、髪を直してもらったりすると、人形になったようでね。おまけに、人の生身にだけ宿る滋養が、あろうことか、目減りするような気がするんだよ」

――それでいつも何でも自分一人でなさるのか――。けど、生身に宿る滋養とはな――

ようは芸の色気なんだろうけど――

栄朝は着替え終わった円朝の、ぱっと大輪の花が咲いたような華やかさに目を奪われた。

――これは序の口だ。高座で噺をしている時の師匠の艶やかさときたら、何の花にも例《たと》えようがないんだから――

その夜の高座が退《ひ》けた後、円朝は待たせてあった駕籠《かご》に酒手をはずみ、湯島へと急いだ。

円朝が栄朝に頼んだことというのは、文を二通届けることであった。一通は津川へ、もう一通は円生の家へ宛てていた。栄朝は近所に住んでいる俊足自慢の若者二人にこれらを託した。

円朝は声をかけずに足音を忍ばせて、庭を抜けると、玄関戸を軽く叩いた。すでに家の灯りは消えている。

「お待ちしていました」

お園が待ち受けていた。緊張した面持ちが無垢《むく》な美しさを引き立たせている。

――こうしていると、本当におかみさんにそっくりだ――

一瞬、目を奪われかけた円朝だったが、

「おかみさんは？」

気がかりであった。

「文にあったように、何も知らせずに先に休ませました」

「それはよかった。何より、身体に障ってはいけませんからね。ところで、蔵に勝浦貞山は来ていますね」

「ええ、いつものように夕刻に」

「それなら結構」

「この後は本当に文にあったようで、よろしいんでしょうか」

「そうです」

「師匠からの文には、『今宵《こよい》、九ツ（午前零時頃）は過ぎると思いますが、そちらへ伺い、蔵の前で噺の稽古をさせて下さい。その後は玄関外で一休みして朝を待ちます。よんどころない待ち合わせがあるのです。このことは、おかみさんには内密にして下さい。きっとですよ』こう書いてありました」

「その通りです」

円朝は微笑《ほほえ》んだ。

「でも、これではあんまり――」

「おかしな話ですか」

「あたし、何だか、師匠のことが心配で――」

お園は頬を染めた。

「案じることはありません。ここにお世話になっていたこともあり、慣れた庭ですから」

「とはいえ、夜中に蔵の前で噺の稽古なんて、何だか、とても妙です」

いよいよ、お園は言い募った。

「正直に言うと、夜中でないと円生師匠の幽霊に会えないからです。蔵には、師匠のお気に入りのものが沢山《たくさん》しまわれていましたから、出てくるのならば、そのあたりかと思ったんです。あたしはただ、師匠の幽霊がいるのなら、会ってみたいだけなのですよ」

「まあ、おとっつあんの幽霊に――」

そこでやっとお園は引き下がった。

円朝は蔵の前に正座した。そして、

「一つ、人を欺《あざむ》いての儲け話をご披露いたしましょう」

語り継がれている〝高田馬場〟を声を張り上げて、朗々と噺し始めた。

春の夜半である。ふんわりと淡い月の光に重なるように、空をすーっと流れ星が走った。

円朝の襦袢の緋色が炎のように揺らめいている。そして、いつしか庭も蔵も見えなくなった。見えているのは円朝だけである。

「甘酒え――、汁粉《しるこ》――」

「辛《つら》い仇討ちに甘い汁粉だよ」

「ちょいと一椀、仇討ち見物の前の余興にどうだい」

円朝の軽妙洒脱《けいみょうしゃだつ》な語り口が、高田馬場に集まる老若男女の群れと、立ち並ぶ屋台の熱気を醸し出す。

手にしていた扇子が握られて、ぐいと構えられると、不思議なことに、七寸五分（約二十三センチ）ばかりの大きさの扇子が二尺五寸（約七十六センチ）の太刀に変わって見えた。大きな房が垂れている腰紐を外し、襷代わりに肩に回して小袖の両袖をまくりあげると、白い襷をかけて踏ん張っているさまに見える。顎が思いきり引かれて、眉がりりしく上がる。両拳に力が入っているせいか、以前、商家や絵師のところの奉公で鍛えられた賜物《たまもの》か、剥《む》き出しの二の腕は意外に逞《たくま》しい。額から玉のような汗が噴き出した。必死で狂言芝居をしている武士の姿がまざまざと見えた。

こうして、絶妙な語りと身振り手振りが精緻《せいち》な一幅の絵巻を紡《つむ》いでいった。

仇討ち騒動が、人出を当て込んだ団子屋や汁粉屋、茶店等が仕掛けた商いだったと結んだ後、土蔵の扉にぴったり貼りつくように中腰になると、声を低めて、

「はて、お話は変わります。物事、万事、この〝高田馬場〟のように、仕掛けがあり、儲けにつながるとするならば、今は亡きこの家の主とあたくし、三遊亭円朝が絡む幽霊騒動、いかなる仕掛けなのでございましょうか」

と続けた。

そして、

「亡き主の家と森北屋さんはかつては地続き、今田様の蔵屋敷であった名残《なご》りで、ここの蔵と森北屋さんの蔵が、以前は地面の下でつながっていたのだという話、実はあたくし、以前、同輩から聞いたことがあるんでございます。もちろん、後にはどちらも行き来できぬよう、埋めてしまわれたのでしょうが、何しろ、森北屋さんといえば、江戸屈指の菓子

屋で、蓄財のほどは、はかりしれません。埋めた抜け道を掘り起こして、辿《たど》って行けば、大判小判に行き当たるのでございますゆえ、不逞《ふてい》の輩《やから》が、一つ、仕掛けてみる気になったのも、誰にでもある欲の深さ、心の弱さ、全く無理からぬことでございます。けれども、この蔵には亡き主、円生師匠の思い出の品がしまわれています。師匠がどれだけそれらの品を、そして、この蔵を慈しんでいたかと思うと、ここだけは断じて、欲まみれな手で汚してはならぬところなのです」

一度言葉を切った後、

「わかっているのだ。そこにいるのは、勝浦貞山ならぬ、三遊亭遊太――」

急に声を荒らげた。

すると、それまで、しんと静まりかえっていた蔵の中から、

「円朝だな。よりによって、おめえにここを突き止められるとは――」

三遊亭遊太は沢村松之丞の声色で口惜しそうに言った。

――ああ、これだった。湯屋で噂を流していた声が沢村松之丞に似ていたと聞いた時から、松之丞の声色が上手かった遊太が、今度のことに関わっているかもしれないと、ずっと、気にかかっていたのだった。それと甘酒屋で娘たちに見つけられぬように、老人のふりをして悟られずにすんで閃《ひらめ》いた。老人には誰でも化けられる。それに何より、蔵の秘密を得意げに話してくれたのも、この遊太だった――

「遊太、一つ、訊きたいことがある。これだけは訊いておきたい。大家の源三を殺《あや》めたの

はおまえか」

「源三が殺された？　そんなはずは――」

松之丞の声色が普段の遊太の声に戻った。その声は動揺を隠せない。

「俺《おれ》の知らねえことだ。俺は殺っていねえ」

「信じていいのだな」

円朝は念を押した。

「もちろんだ。仲間うちでは、二枚舌とよく言われたが、今、俺に嘘《うそ》はねえ。人を殺めるなんて、そんな酷いことできるものか――。どうか、これだけは信じてくれ」

遊太は泣き声になった。

「助けてくれ」

「ならば、すぐにここを立ち去れ。朝には役人が来る」

そう言い捨てて、円朝は蔵の前を離れた。蔵の扉が開く重い音がして、ひたひたと足音が続いて聞こえて遠ざかった。

やれやれと円朝が母家の玄関まで来ると、

「お入りください」

足音を聞きつけて、お園が飛び出してきた。おりんが目を覚ましたりしないように、円朝は足音を忍ばせて廊下を歩いた。

――遊太はこの先、どうするのだろうか。一度、悪に手を染めて、盗賊の仲間になった以上、掟《おきて》に縛られて、お天道様の下を胸を張っては、もう歩けまい――

しばらくは、遊太の今後のことが心を翳らせていたが、

「どうやら、おとっつあんの幽霊には会えなかったようですね」

お園のくすっと笑った顔に、

――いい笑顔だ。娘盛りのお園ちゃんには、始終、こういう顔をさせてあげたいものだ
――

ほっと救われるものを感じた。

「ええ。残念ながら」

「おかげで、師匠の噺を残らず聞かせていただきましたよ」

「残らず？」

後の方まで聞こえてしまっていてはと、円朝は不安になった。しかし、お園は、

「よく響くよいお声でした。〝高田馬場〟はあたしの好きな噺です」

うっとりと微笑んで、

――どうやら、声を低めたおかげで、肝心なことは聞こえていなかったらしい。よかった。盗賊の仕業はともかく、弟子だった遊太まで仲間だったことは、できれば知らせたくないものだ――

円朝は安堵《あんど》した。

「実は亡くなったおとっつあんもこれが大好きだったんですよ」

「ほう、〝高田馬場〟がですか」

「ええ。おとっつあん、落とし噺が下手だといわれるのが口惜しいんじゃない、こんなに面白い噺を面白く語れないのが歯がゆいんだって——。それで、病気になってからは、何かというと、〝冥途の仇討ち〟って言ってたんですよ。死んで冥途へ行ったら、もっと稽古して、これはと思える自分流の〝高田馬場〟を仕上げるんだって」

「〝冥途の仇討ち〟なら、あたしも亡くなられる間際に聞きました。そうでしたか。なるほど、そういう意味だったんですね」

知らずと円朝は微笑んでいた。

「好きでしたね、円生師匠は噺も稽古も」

「好きで好きで仕様がなくて、高座にかけても人気を取れない〝高田馬場〟まできっと大好きで、冥途へ持って行く算段をしていたんだわ」

「芸熱心だった師匠らしい」

この時円朝は、晩年、自分を前にして、

「努力だけでは越えられないものがあるのが芸だ」

と弱音を洩らしていた円生を思いだし、心の中でそっと語りかけていた。

——師匠、やっぱり、努力だったんじゃないですか——

「何だか、師匠、うれしそう」

「ええ、実は今、とても、うれしくなりました」

津川亀之介の命を受けて、岡っ引きの辰吉が円生の家を訪れたのは、明け六ツ（午前六時頃）を過ぎた頃であった。

「津川の旦那に言いつけられてきたんですがね。旦那ときたら、昨日の夜、新しい咄の会の後、仲間と盛り上がって酒を過ごしたようで、もう、おっつけ来られるはずですが――」

辰吉は相変わらずの凶相でぶすっとしていた。

円朝はその辰吉を蔵の中へと案内した。奥まった場所にある、大きな瓶《かめ》ばかり寄せ集められているところから、瓶をどけてみると、ぽっかりと空いている穴が目に入った。人一人はゆうに通り抜けられる。

勝浦貞山と名乗っていた遊太が、こつこつと掘り進んでいた、森北屋の蔵へと続く抜け道であった。

その後、奉行所からはこの穴を再び元通りに埋めるよう命が出された。出されたのは命だけで、人手は出ずじまいだったので、いかんせん、女所帯には手に余るだろうと、同情した津川は辰吉に、円朝は栄朝にそれぞれ手伝わせた。

「辰吉さんの腹は顔とは反対ですよ。裏表のない、いい人です。あんないい人の上があの、のらくらな津川さんでは、可哀想ですよ」

などと栄朝は言った。

問題の源三殺しは、〝鬼百合《おにゆり》〟の仲間割れによるものと見なされた。

「源三の左腕には、薄くなってはいたが、〝鬼百合〟の一味の証である入れ墨があったんですよ」

険しい顔で津川が告げた。

〝鬼百合〟は、これはと狙いを定めた大店に手下を潜り込ませ、辛抱《しんぼう》強く時を待ち、手引きさせる。そのため、仕損じたことが無いというお上泣かせの盗賊だった。瓦版《かわらばん》屋が盗みはするが人は決して殺めないので、〝偉い心がけだ〟と書き立て、「そうだ、そうだ」と同調する者も出てきた。江戸市中をさんざん荒らしまわったものの、結局お縄にならずに姿が失せた。数年前のことである。上方へ移ったのではないかと噂されていた。

「〝鬼百合〟が戻ってきたのだ」

津川は断じた。

源三を殺した〝鬼百合〟の仲間が、沢村松之丞の声音で幽霊の噂を流し、勝浦貞山の名で円生宅の蔵を借り、抜け道を掘っていたことになっている。

今のところ、こんなことを企てた悪党の行方《ゆくえ》は不明のままである。かつての円生の弟子、三遊亭遊太が関わっていることは、まだ知られていない。

円朝だけが知っていた。

第二話　怪談泥棒

一

江戸も四月に入ると、日中汗ばむ日も多い。円朝《えんちょう》が趣味で作っている野菜の世話に精を出していると、

「師匠、やっと貼《は》り終えましたよ」

栄朝《えいちょう》が鼻の上に汗を吹き出させながら、縁側まで知らせに来た。

「いつもながら熱心なことだ」

「そりゃあ、もう、あれのことですから」

その日は四月八日、〝千早振る卯月《うづき》八日は吉日よ神さけ虫を成敗ぞする〟と、半紙に〝虫除《よ》けの歌〟を書いて、厠《かわや》の扉に逆さに貼り置くのが江戸庶民の風習になっていた。神さけ虫とは蛆虫《うじむし》のことであり、何で四月八日かというと、その日はお釈迦《しゃか》様の生まれた日であり、命あるものは諸々の虫にいたるまで子を生むとされていて、それゆえ、この日、〝虫除けの歌〟を厠に貼れば、蛆虫もまた生まれにくいと考えられていた。

「それにしても、栄朝は虫が嫌いだな」

円朝は伸びている胡瓜《きゆうり》の葉裏を指でそっと弾いた。無数のアブラムシが土の上に落ちる。

それを見た栄朝は、〝おお、いやだ〟といわんばかりに、両腕を胸の前でさすって身震いした。栄朝はたいした虫嫌いで、虫が這《は》い出てくるとされている、毎年、啓蟄《けいちつ》の日から、何かと虫除けの対策をするのが常であった。おかげで家中に、吊《つる》したナズナと唐辛子《とうがらし》があった。これらも虫除けのためのもので、本来は四月八日に吊すのだったが、栄朝は待ちきれずに、早々と吊すのである。

「し、師匠」

栄朝は円朝の右袖《そで》を指差して青ざめている。今にもへなへなと崩れ落ちそうであった。

「む、虫が」

「何だ、尺取り虫じゃないか」

気がついた円朝はその尺取り虫をつまみ上げると、土の上に置いた。

「師匠もいつもの通りですね、決して虫を殺さない――」

「一寸の虫にも五分の魂。虫だって生きているんだからね」

「生かしておいたら、胡瓜の実の生《な》りが悪いかもしれませんよ」

「虫たちと分け合ったと思えばいいじゃないか」

「そりゃ、そうですが」

栄朝は不服そうな顔である。

「虫がここまで嫌いだと、栄朝にとっては、逆にいい演目になるのにな」

「演目になるって、あたしに虫の噺《はなし》をしろっておっしゃるんですか」

「ああ、そうさ」

円朝は無心に微笑《ほほえ》んだ。

「じょ、冗談でしょう、師匠、そんな殺生な」

「殺生なものか。〝疝気《せんき》の虫〟なんぞ、いいんじゃないかな」

「〝疝気の虫〟といえば、口から虫が溢《あふ》れ出てくる噺ですよ」

栄朝は手で口を押さえた。

「思っただけで吐《は》き気がしてきました」

疝気とは神経性の下腹部痛のことであり、男の場合、睾丸《こうがん》まで痛む。〝疝気の虫〟は、蕎麦《そば》好きで唐辛子嫌い。実は嫌いな唐辛子から逃げるため、腹から別宅の睾丸に引っ越すのだと、虫から聞いたという医者が蕎麦と唐辛子、そして患者の女房を使って、虫退治をしようとする話である。

女房が患者である夫の隣りで、美味《うま》そうに蕎麦を食べていると、患者の身体《からだ》に潜む疝気の虫が、つられてぞろぞろと患者の口元まで這い出してくる。そして、蕎麦を食べているのが女房の方だとわかると、ご馳走《ちそう》はこっちだとばかりに女房の口の中へと飛び移る。女房はこの後、腹痛に襲われる。虫たちが蕎麦を食べて元気づくと腹で大暴れ、腹痛を起こさせるのである。そこで、医者は女房にどんぶりに入った唐辛子の煮汁を飲ませる。すると、虫たちは、〝引っ越し先がない、どうしよう〟と苦悶《くもん》する。もとより、虫退治が主題なのではなく、睾丸を別宅とするという〝疝気の虫〟の、艶《つや》めいたおかしみを語った噺なのだった。

「けど、〝疝気の虫〟は、たしか、あの柳橋《りゅうきょう》師匠が頼まれても演《や》らない演目でしたね」

三代目麗々亭《れいれいてい》柳橋は円朝と人気を二分する噺家であった。当世、女を語らせたら右に出る者がいないと言われ、女形《おやま》を思わせる、端正な顔立ちとしなやかな所作もまた、人気を支えていた。美形の若武者に例えられる円朝とは、似て非なるも、寄席《よせ》に通い詰める女客たちは、どちらも贔屓《ひいき》だという者が多かった。

円朝は十三歳年長の柳橋を〝兄《あに》さん〟と慕っていた。流派こそ違っていたが、芸の師匠として、特に女の様子や心を、円朝はこの柳橋の高座《こうざ》からとくと学んできたのである。吉原に通わぬ日はないと言われている柳橋の得意演目は、寄る辺《べ》のない身の花魁《おいらん》と客が繰り広げる駆け引きや、惚《ほ》れた相手との涙なしでは語れない、切ない、束《つか》の間《ま》の逢瀬《おうせ》などを、情緒豊かに語る廓《くるわ》噺であった。こうした柳橋の才に惹《ひ》かれ、自宅に招いて、やや艶話めいた〝疝気の虫〟を、こっそり自分一人だけに演ってほしいという、噺好きの大店《おおだな》の主《あるじ》も少なくなかった。

「寄席では演らないが、呼ばれて演ることはあるようだ」

「どうして寄席で演らないんでしょうか。廓噺も〝疝気の虫〟もどっちも、艶っぽいのは変わらないでしょうに――」

「はてね」

「男の一物《いちもつ》が出てくるんで、女の客に嫌がられるからかな」

「そうかもしれない」

柳橋が円朝と異なるのは、人気第一であまり冒険をしないことであった。

「柳橋師匠ではちょいと綺麗《きれい》すぎますかね」

「それもそうかもしれない。だが、〝疝気の虫〟は、天下の柳橋師匠が寄席で掛けない演目だからいいんだよ。まずは珍しくてきっとお客さんたちに喜んでもらえる。それに虫嫌いな栄朝なら、きっと、虫に拘《こだわ》り尽くした〝疝気の虫〟を語ることができる。嫌いなものは好きなものと同じくらい、どしんと心にかかって、これでもか、これでもかと熱く演れるものなのさ。好きでも嫌いでもないと、通り一辺の薄っぺらな噺しかできないんだ」

「わかるような気もするんですが」

そううなずきつつ、栄朝はまた口を押さえて、

「機会があったら、一つ、柳橋師匠に訊いて頂けませんか。柳橋師匠は虫をお好きかどうか――」

と情けなさそうな顔で言った。

それから何日かして、円朝は品川にある料亭〝玉水楼《ぎょくすいろう》〟に出かけることになった。〝玉水楼〟は半年ほど前に開いた店である。そこの開店披露の席には円朝と麗々亭柳橋、そして、かつては三遊亭《さんゆうてい》一門にあったが、今昔亭《こんじゃくてい》の名を打ち立て、今や、名人の名をほしいま

まにしている今昔亭唯生《ゆいしょう》の三人が呼ばれた。そして、一双の屏風絵《びょうぶえ》に描かれたのだった。己《おのれ》の芸が円熟の域にあるこの唯生に比べれば、柳橋や円朝は人気ばかり先走っている若輩《じゃくはい》にすぎない。

「用意はできてござんす」

栄朝が黄色の帷子《かたびら》に絽《ろ》の紋付、女物の幅広の帯を揃《そろ》えて持ってきた。夏場の高座で用いる衣装である。円朝の怪談噺には欠かせない。これもまた、円朝を聴かせるだけではなく、人気商売ゆえ、見《み》せても魅せるに越したことはないという、栄朝の卓抜にして奇抜な策であった。

「これを着て行けというのか」

「もう、四月の一日に衣替えはすんでおりますからね」

「早過ぎやしないか」

「お相手は柳橋師匠でしょう」

「そうだが」

「ならば必ず、柳橋師匠は紫の帷子に絽を重ねておいでです。師匠もご存じでしょう。柳橋師匠ときたら、紫色は自分が得意とする〝四谷怪談〟にぴったり来るなどと方便を言って、師匠の夏の高座姿を真似《まね》ているのです。ここで引いては元祖である師匠の面目《めんもく》が立ちません」

円朝は栄朝の言葉にせき立てられるように、身支度をすると、品川へ向けて迎えの駕籠《かご》に乗った。

〝玉水楼〟では出迎えた年増《としま》の女将《おかみ》が、

「お待ちしておりました。さあ、どうぞ」

離れへと案内してくれた。

離れの入口には円朝、柳橋、唯生の姿が描かれた屛風が立てられている。

「いかがでございましょう」

「いや、お恥ずかしい」

円朝は目を伏せた。絵に写された自分の姿を見るのは、何とも気恥ずかしかった。

「おかげで繁盛させていただいております」

「それはよかった。おめでとうございます」

上がり口で草履を脱《ぬ》いで廊下を渡り、襖《ふすま》の前で、

「兄さん、円朝です。遅れてすみません」

声をかけた相手の柳橋は、池の水面に卯の花の白い花姿が映し出されている様子を、心持ち首をかしげてじっと見つめている。柳橋が高座でよく見せる、自分の身の上を悲しんでいる遊女の顔であった。痩《や》せてしなやかな身体つきと相俟《あいま》って、何とも風情《ふぜい》のあるいい姿である。

「それではごゆっくり」

女将が下がったところで、

「やれやれ」

柳橋はやっと円朝の顔を見た。

「しばらくです」

その顔はもはや、さっきまでの女の顔ではなかった。野心に満ちた男の表情である。優美で涼しげな目元がぎらりと光った。

「兄さんは相変わらず、たいした気の使いようですね」

「何せ、人気商売だからね。ここの女将だって、誰に何を言うか知れたものじゃない。柳橋は、やたらがらがら笑って、高座とは似ても似つかないなんて言われたら興ざめだ」

柳橋はふと、円朝が着ている黄色の帷子に目を留めて、

「今年の夏は円朝師匠、おまえさんとあたし、〝四谷怪談〟の一騎打ちになるかもしれない。追いつかれて、真似られる身は辛《つら》い――」

と言った。

二

そういう柳橋も栄朝が言った通り、円朝を真似て紫色の帷子を着けている。噺の演目に限っては、誰が何を演じてもわりに自由で、〝真似た、けしからん〟という話はあまり聞かれなかったから、身形《みなり》の真似の方がよほど〝真似た〟ことになるのだが、柳橋はどこ吹く風でいた。

「とんでもありません。一騎打ちだなどと言っていただいて、光栄ですが、あたしなぞまだまだですよ。それに兄さんはお参りを忘れて、お岩《いわ》さんの幽霊に祟《たた》られるほどじゃありませんか」

昨年、柳橋が四谷稲荷《いなり》への参詣《さんけい》を怠ったところ、寄席の天窓が理由《わけ》もなく開いてしまい〝四谷怪談〟の噺を中止、あわてて翌日参詣の上、改めて演じ、大評判を取った。

もっとも、栄朝は、

「あんまり、師匠の〝四谷怪談〟の評判がいいんで、巻き返そうと、示し合わせておいて、誰かが天窓を開けたんじゃないでしょうか」

なぞと口さがないことを言っていた。

「まあ、祟られるのも無理はない」

柳橋は満足げにうなずいた。

「あたしの〝四谷怪談〟はお岩さんの出番が多いから、地下のお岩さんに恨まれたりもするだろうさ。比べて、おまえさんのは伊右衛門《いえもん》さんの〝四谷〟だね。おまえさん自身が花なのはいいが、ちょいと花が足りないよ」

柳橋はずばずばと言ってのけ、

「でも、ま、いいさ。これでおまえさんのせいで、一時《いっとき》、危うく萎《しぼ》みかけたあたしの花も何とかなる」

女たちが衣装自慢をする時のように、紫色の帷子の袖をぎゅっと両手で引っぱって見せ

つけた。そして、

「そうそう、今日、こうして会うことになったのは、唯生師匠からの頼まれ事もあってね。女将は三人揃って招きたかったらしいんだが、唯生師匠のはからいで、あたしが先におまえさんと二人で会うことになったんだ」

「そうでしたか。それで、お話というのは――」

円朝は柳橋を促した。

「円生師匠《えんしょう》の本葬から一年は経《た》つが、幽霊騒ぎまで起きたそうじゃないか」

「もう、お耳に入りましたか」

「噺家はみんなうっとうしい身内みたいなものだからね。身内の話はすぐ耳に入る。ところで、円生師匠の名跡《みょうせき》はいったい誰が継ぐ？　三遊亭を名乗っていて、成り行きから言っても、恨みつらみがあるはずの円生師匠の世話をして、立派に本葬を取り仕切った以上は、おまえさんが継ぐのがふさわしいと、唯生師匠はおっしゃっているが――」

「それは――」

「気に染まぬ風だな」

「あたしは今の名が気に入っているので」

「円朝、悪かない名だが、円生ともなると大名跡だ。欲はないのかい」

「円生の名はあたしには重すぎます。あたしは何ものにもとらわれずに、噺だけを続けて行きたいんです」

「そう、唯生師匠にお答えしていいんだね」

「はい」

「では、そうしよう。しかし、惜しい話なのにな。今や唯生師匠は大看板なだけではなく、ご意見番だ。この師匠の言うことなら、聞かぬ者はいない——。あたしならすぐに飛びつく話だ」

「だったら、兄さんが名乗りを上げてくださいよ」

噺家の空いた名跡は同じ流派にふさわしい者がいなければ、他流派からでも継ぐことはできる。

「駄目だよ。あたしなんぞ見込まれるものか。あたしは芸達者だと自惚《うぬぼ》れているが、自分の得意技で小さくまとまるのが好きなんだ。悪くないと自惚れている見栄えに、似合う噺を載せているだけだよ。唯生師匠が楽しみにして育てたいのは、もっと大きな面白みのある器さ」

「それなら、ますます、あたしなど——」

「おまえさん、謙遜《けんそん》もすぎると嫌味だよ」

柳橋は高くて細い鼻をつんと上へ向けた。

「それにおまえさんの噺は、暗い怪談噺でも、なぜか、しみじみとさせられる。おまえさんの〝四谷怪談〟を聞いていると、お岩さんが怖いだけじゃなくなって、身勝手で嫌な奴の伊右衛門さんまでも、気の毒に思えてくる。幽霊になるのも、そいつに取り憑《つ》かれるのも、明日はわが身の自分のことのように思えてくるんだよ。人がみんな持ち合わせている欲や、どうしようもない性《さが》、業《ごう》とか言われているものが、ひしと心に迫って、だから人ってものは悲しい生き物なんだって、考えさせられるのさ」

そこで一度、言葉を切った柳橋は、

「あたしがおまえさんのように怪談噺をやらずに、これでもか、これでもかとお岩さんのように裏切られた女の執念の怖さだけを売るのは、それなりの理由がある。あたしがおまえさんのように伊右衛門さんをやったら、あたしの持っているどうしようもない欲や業が、反吐《へど》のように溢れ出てしまうんだ。反吐は臭い。とてもこれはいただけない。受けはしないよ。おまえさんが自分の流儀を貫けるのは、おまえさんの心が清々《すがすが》しいからだよ。だから、おまえさんの口を通じて語られる伊右衛門さんは嫌な奴ではなくなって、ただただ哀《かな》しいんだ。口惜《くや》しいがこればかりは真似られない」

と続けた。

「そんな――」

あまりの褒《ほ》め言葉に、

「買いかぶりですよ」

円朝は下を向いた。

「そんなことはない。これでも唯生師匠ほどではないが、見る目はあるつもりだ。そうだ、五年半ほど前に、弟子入りを断った話をしよう」

そこで柳橋は遊太《ゆうた》の名を口にした。その名を聞いたとたん、

「兄さん、遊太のことをご存じなんですね」

円朝は顔を上げた。

「何でもいいんです。遊太について知っていることを話してください」

円朝は遊太を円生の家の蔵から逃がしてからというもの、どうしているかと、気にならない日は一日もなかった。

「円生師匠は薄情者の遊太なんぞを弟子にして、とんだ恥を掻《か》いたとみんなは噂《うわさ》している。おまえさんだって、湯島の家から一時足が遠のいたのは、あいつが三遊亭の名の一字を貰《もら》い受けて、遊太と名乗って威張《いば》り散らしていたからだろうに――」

「そんなことでは――」

「おまえさんのことだ。どうせ、遊太のことも恨んでなんぞいないのだろう」

「恨む筋などありません」

「遊太は舌先三寸で師匠に取り入り、誰もが認めるおまえさんをさしおいて、やりたい放題だったんだよ」

柳橋は呆《あき》れ果てている。

「あたしは噺を聞いてもらうのが何よりなんです。それだけで充分すぎると思っているんです。それより、遊太についてご存じのことを早く――」

「わかった、わかった。今、話す。遊太があたしのところへ弟子にしてくれと来たのは、

今から五年半ほど前、ちょうど円生師匠が寝ついた頃だった。世辞の上手《うま》い奴でね、病みついた円生師匠には、これといった蓄えがないと聞いていたし、こんな時に師匠を替えるのは不義理じゃないかとも思ったが、あそこまで持ち上げられると、悪い気はしなくなった。特におまえさんより、あたしの芸の方が数段、勝っているとべたべたと褒めちぎってくれると、はらわたに酒が染《し》みるようにうれしくてね、技量次第では弟子に抱えてやってもいい気がしてきた」

「その時は弟子になさったのですね」

今でも柳橋の弟子であれば、あそこまでの悪事に手は染めなかっただろう。

「いや。そこまであたしも虚《うつ》けではないよ。〝疝気の虫〟で奴の技量を試した。このあたしが〝疝気の虫〟を寄席で演れば、艶《つや》やかな大年増になっちまう。生娘《きむすめ》みたいに初々しい若い奴に、是非《ぜひ》演らせてやりたいと思っていた」

円朝は何日か前に栄朝と交わした会話を思い出した。

「よく出来ていなかったんですか」

思わず、円朝が首をかしげたのは、演目は何であれ、遊太の芸が柳橋の弟子になれないほど、ひどいものではなかったからである。

「悪くはなかった」

「それでは、なぜ弟子になさらなかったんです」

知らずと円朝の口調は柳橋を責めていた。

――兄さんが弟子にさえしてくれていたら――

「遊太の噺《はな》す虫があいつの心と同じように、毒気を帯びていたからだよ。たいそう凄《すご》みのある虫だったが、少しも可愛《かわい》くなかった。虫がねらっているのは蕎麦だし、宿敵は唐辛子で逃げ込む先は男の一物じゃないか。可愛いところがあって、笑える虫じゃないと、客には受けない。〝疝気の虫〟だけじゃない、何を演らしても、こいつの噺は毒気が多すぎて、客に嫌われると思った。あたしはね、知っての通り、客に好かれるようにだけ、自分の芸を媚《こ》びさせてきたから、この点だけは身に染みて、よーくわかるんだよ。それで弟子にはできないと断ったんだ」

柳橋はそう言い切った。

三

話があらかた終わったところで、柳橋はぱんぱんと手を打って、酒と料理を運ばせた。運ばれてきた膳は、この店の開店披露に匹敵する、思わず円朝が目を瞠《みは》るほど豪華なものであった。

「披露の時は唯生師匠に遠慮して、美味い酒も肴《さかな》もお預けで、何とも落ち着かなかった。だから、今日こそはと女将に頼んでおいたのさ」

柳橋らしい厚かましさだったが、大好物だという、うずら椀《わん》をむしゃむしゃと貪《むさぼ》る様には憎めないものがある。

「このうずら椀はうずらの肉を叩《たた》いて作るんだが、これが大変なんだと。肉と骨を出刃《でば》で叩き続けるんだが、これが見習いの小僧の仕事でね。板前が『よし』と言うまで、手を休めずに何刻《なんどき》まででも叩いてるんだそうだ。それも厨《くりや》とかの人のいるところでやるんじゃない、肉が傷《いた》まないように、店の裏手の陽《ひ》の当たらないところでやる。雪が降る冬は雪を見ながら軒下で桶に俎板《まないた》を渡して叩く。冬の寒い最中なんぞ、肉が傷む心配がないから、一日中、うずらを叩かせられる小僧もいる」

そこで柳橋は、つと手を止めて、

「噺家も料理人と同じだ。技量を磨かなくては、はじまらない。言ってみれば、前座にもなれない見習いの弟子なんて、うずらを叩かせられる、小僧みたいなもんだろう。あたしがうずら椀を好きなのは、見習いの弟子だった頃を思い出すせいかもしれないな。ああ、やっとここまで来たという満足感もあるが、懸命だったあの頃も、あれはあれでなつかしい」

と呟《つぶや》いた。

「ところで兄さんは、虫はまさか、お好きではないでしょうね」

円朝は栄朝に頼まれていたことを思い出した。

「〝疝気の虫〟は寄席では演らないが、頼まれた相手にもよるが、座敷では演るよ。嫌いな演目ではないね」

「噺の虫ではなくて――」

「生きて飛んでいる虫のことかい」

「ええ」

「好きか、嫌いかは思ってみたこともないが、子どもの頃、イナゴや蜂《はち》の子を醬油《しょうゆ》で煮付けたのをよく食べさせられた。あの時は美味かったが、今はどうかな。なつかしいが、うずら椀のようには美味くはあるまい」

そう言うと、しばし止まっていた柳橋の箸は動きはじめた。

家に帰った円朝は栄朝にこの話をした。

「へーえ、イナゴや蜂の子をねえ」

円朝が女将に頼んで、折に入れてもらって持ち帰った蒸し玉子と風流天麩羅《てんぷら》を、夢中で腹に詰め込みながら栄朝は言った。

「さすが〝玉水楼〟の蒸し玉子ですね」

〝玉水楼〟の蒸し玉子は凝っていて、鰹《かつお》だしで伸ばした玉子汁に、小さく切って煮染《にし》めた鶏肉と椎茸《しいたけ》を加え、焙烙《ほうろく》で流し焼きにしたものである。焼き上がりに散らす谷中《やなか》の染生姜《そめしょうが》の風味に定評があった。

「風流天麩羅ときたら、海老《えび》と糸三つ葉だけなんですから、こりゃあ、たまりませんよ」

〝玉水楼〟の風流天麩羅は彩《いろど》りを重んじて、一年を通して、海老と季節の青野菜のみとされていた。

食べ終わった栄朝は、

「でも、柳橋師匠は虫が好きだとはおっしゃらなかったんでしょう、イナゴや蜂の子を食べたことがあるだけで――。ということは、前に円朝師匠が言っていた、〝好きでも嫌いでもない〟のかもしれませんね。そうなると、たしかに〝疝気の虫〟は、ねらい目の演目なのかもしれません」

「一つ稽古《けいこ》に励んでみてはどうかな」

「師匠のお薦《すす》めですし、やってみようという気にはなってます。ただ、まだ一つ気になることがあって――」

「何だい、それは」

「世の中に虫が好きだなんていう人、いるものなんでしょうか」

そこで円朝は遊太が柳橋の弟子になりそこねた経緯《いきさつ》を話した。

「すると、遊太兄さんのは虫に凄みがありすぎて、〝疝気の虫〟じゃなく、〝疝気の毒虫〟になっちまったわけですね」

「凄みの出るほど、悪さをする虫を熱心に噺せるのも、好きということにはなるんだろうよ。ということは、栄朝、おまえのように、虫が嫌いで語った方が、人の心にそっと寄り添える可愛い虫が噺せるのかもしれない」

「そうだといいんですけど。稽古に励みます」

栄朝は珍しく頰《ほお》を紅潮させた。

その栄朝が翌日、思い出したように、

「師匠、考えていてふと気になったことがあるんですが」

円朝の前に座った。

「遊太兄さんの毒虫に、師匠が嚙《か》まれるようなことがあってはいけねえと――」

「そりゃあ、また、どうしてだい」

円朝は柳橋が自分に向けている競争心や、そこへ遊太がつけこんでいたなどという話は、栄朝には話さなかった。もちろん、円生の名跡を継ぐようにという唯生の言葉も伏せてある。

「今までこんなことまでお耳に入れてはと、黙ってたんですが」

どうやら、知っていることを全部話さないのは、師匠の円朝だけではないようである。

「遊太兄さんは評判のいい人ではありません。あれほど世話になった円生師匠を見舞うこともしなかったし、円生師匠の野辺《のべ》送りにも本葬にも顔を出さなかった。そのせいで、三遊亭の門下の人たちは、誰一人、遊太兄さんとつきあおうとしていないんです。けれど、本人は、そうなったのは、みんな、円朝師匠のせいだと、噺家連中に触れ歩いているんですよ」

円朝が初めて聞く話であった。栄朝ばかりではない、他の知り合いたちも、あまりに理《り》不尽《ふじん》な話は、円朝の耳に入れまいとしているのだろう。

「しかし、どうして、あたしのせいなのだろう」

わからない話であった。

「遊太兄さんは師匠が後々、円生の名跡を継ぎたいがために、円生師匠の世話や本葬まで取り仕切ったと言っているんです。それで自分は、周囲から冷たい目で見られるようになって、寄る辺がなくなったと――」

「あたしが出しゃばったのが許せないと言うんだね」

「そんな言い分、通じませんよ。昨日の師匠の話じゃ、遊太兄さんは円生師匠が寝ついたとたん、柳橋師匠に鞍替《くらが》えしようとしてたってわかったんですから。最初《はな》っから世話をしようなんて気、なかったくせに。美味い汁を吸い損ねたからって、ひどいですよ。我が儘《まま》放題な勝手な言い分ですよ」

栄朝は鼻息を荒くして、膝《ひざ》の上に拳《こぶし》を固めている。

「まあ、そう気持ちを荒らげるな」

円朝はなだめたものの、ふと、昨日、したたか酔った柳橋が別れ際に洩《も》らした、

「おまえさんの温かい心根はよく承知しているが、世の中、通じない相手もいる。くれぐれも遊太にだけは気をつけろよ。あいつは毒虫なんだから――」

という言葉を思い出していた。

「ですから、あたしはあの円生師匠の幽霊騒動があった時、もしや、幽霊が贋者《にせもの》なら、遊太兄さんが化けてるんじゃないかなんて、勘ぐって案じたほどなんです」

円朝は内心ひやりとしたが、思いつめた栄朝は今にも泣き出しそうな顔である。

「幽霊騒動は盗賊の一味の仕業《しわざ》だったじゃないか。遊太は関《かか》わりがない」

円朝は栄朝に諭すように言った後、何としても遊太を探し当てなければと思った。

「遊太は所帯でも持っただろうか」

さりげなく訊《き》いた。

全盛期の円生の弟子だった頃、円生の後ろ盾《だて》が遊太の贔屓にもなって、席亭《せきてい》と並んで、噺家とは切っても切れない縁で結ばれている茶屋筋などから、幾つか縁談が持ち込まれていた。もっともそれも、円朝が円生の家を出てからのことで、風の便りで聞いただけで、くわしくは知らなかった。

「どんな相手なのだろう」

と円朝が洩らすと、

「魚河岸《うおがし》の料理茶屋〝喜久家《きくや》〟の一人娘お小夜《さよ》さんが、高座で遊太兄さんを見初《みそ》め、熱心に通っていたという話は聞いたことがありますが――。まさか、師匠。柳橋師匠に断られた遊太兄さんが気の毒になって、行方《ゆくえ》を突き止めて、どうにかしてやろうっていう気なんじゃないでしょうね」

栄朝は目を三角にした。

「いや」

円朝は大きく首を横に振った。円朝が虚《きょ》を実《じつ》のように紡《つむ》ぎ出す噺家でなければ、その実直な性格からして、たとえ相手が栄朝でも誤魔化《ごまか》すことはできなかったろう。

「おまえの言う通り、遊太があたしを逆恨《さかうら》みしているとしたら、よくよく気をつけなければと思ったのだよ。それには、今どうしているか、どんな様子なのか、知っておきたいと思ってね」

円朝は顔色一つ変えずに言った。

半信半疑の栄朝はまじまじと円朝の顔を見つめて、

「あたしが知っているのは、〝喜久家〟が潰《つぶ》れて今はもうないってことだけですよ」

と応えた。

四

「何でも、主夫婦が流行病《はやり》でばたばたと亡くなったそうです」

「お小夜さんは？」

「さあ。一人娘だって聞いてますからね。達者なら〝喜久家〟を継いで、切り盛りしているはずですよ」

「ということは、お小夜さんも亡くなっているのか――」

お小夜がこの世にいないのだとしたら、遊太の行方を知る手がかりはない。

円朝は、ほーっと失意のため息を大きくついて、

「せめて、〝喜久家〟に親戚《しんせき》なりともいれば――」

謎をかけたつもりはなかったが、

「平松町にある同じ料理茶屋の〝波留家《はるや》〟は、〝喜久家〟の女将さんの実家《さと》だそうですよ」

「ふーん、そうなのか」

栄朝の言葉に円朝はすぐにもそこへ出かけたくなったが、栄朝には悟られたくないので、早々にその話は打ち切った。

翌日、

「ちょいと日本橋の松芳《まつよし》師匠のところへ行ってくるよ」

と栄朝を偽《いつわ》って円朝は昼前に家を出た。松芳師匠とは、以前、円朝が弟子入りしていた絵師松芳のことである。怪談ものなどの芝居噺に、高座の背景画はなくてはならない大道具で、円朝は松芳に師事していた経験を生かして、自ら筆をとって描いている。噺と背景画が一つにならず、描き進めなくなるようなことがあると、松芳に意見をもとめに走ることがあった。

「いってらっしゃい」

栄朝は怪しまずに送り出した。

〝波留家〟は日本橋南の木原店近く、平松町にあった。庭に池が見える〝玉水楼〟のような高級感はなかったが、商家のように間口が広く、明るい賑《にぎ》わいに溢れていた。

円朝が前掛け姿の仲居に、訪《おとな》いを告げると、

「わかりました。女将さんに訊いてきますけど――」

と当惑顔でうなずいて奥へ入った。

代わって出てきた五十絡《がら》みの女将は、丹念に身仕舞いこそしてはいたが、結髪《けっぱつ》に白いものが混じっている。ふくと名乗った後、

「お引き取りください」

すでに眉《まゆ》を怒らせていた。

「うちは噺家さんのご贔屓は受けないことにしてるんですよ」

取りつくしまもない。

「贔屓というからには、ここで飲み食いすることでしょうが、あたしはただ、ご親戚の〝喜久家〟さんの話を聞かせていただきたくてまいったのです」

「そんな話、毛頭《もうとう》するつもりはありません。どうかお帰りください」

「姪御《めいご》さんのお小夜さんの行方がわかるかもしれないのですよ」

「え、お小夜の行方が――」

一時ではあったが、おふくの目から怒りが消えた。ここぞとばかりに、

「お小夜さんをお探しなのでしたら、是非、力にならせてください」

おふくは無言で睨《にら》みつけるように円朝を見つめている。

「おっかさん」

声をかけたのは、続いて出てきた、板前姿の若い男であった。

「三遊亭円朝師匠ですよね。良吉《りょうきち》と申します」

と言って頭を下げ、

「おっかさん、円朝師匠といえば、円生師匠に身内も及ばぬほど尽くしたと評判の方だ。そんなお方が話を聞きたいとおいでになったのだ。それに円朝師匠はお小夜の行方を知る手がかりをお持ちのようだ。疫病神《やくびょうがみ》みたいに追い立てる道理はあるまいよ」

母親のおふくをたしなめた。

「さあ、お上がりください。どうか、奥でおっかさんの話を聞いてやってくださいまし」

円朝は奥の客間に案内された。

「どうぞ、ご一服」

茶がもてなされた。

襷《たすき》と前掛けを外した良吉はおふくの隣りに、母親を労《いたわ》るように座っている。

「実はあたしどもの門下の三遊亭遊太を探しているのです」

円朝が切り出すと、

「遊太――」

おふくと良吉は顔を見合わせて血相を変えた。

「今、遊太と言いましたね」

温和だった良吉の顔が引きつっている。

「申しました」

「だからあたしは嫌だって――。あの遊太のせいで、三遊亭に連なる者は、どんな相手だって塩を撒《ま》きたいほどだって、言ってたろう？」

おふくは苦しそうに胸を押さえ、わなわなと唇《くちびる》を震わせている。

「誰か、誰か、おっかさんの薬を」

良吉が大声をあげると、さっきの仲居が、湯呑《ゆの》みと薬を盆に載せて運んできた。

「この通り、母は心《しん》の臓の病を患っておりまして、行方知れずになっている、たった一人の姪、お小夜のことが気がかりで仕方ないのです。女の子に恵まれなかった母は、子どもの頃からお小夜をそれはそれは可愛がってきたのです」

と良吉は事情を説明し、おふくには、

「おっかさん、いいんだよ。辛い話をしようと言った俺《おれ》が間違っていた。ここは師匠にお引き取りいただこう」

と言った。

「それでは」

いたしかたなく、円朝が腰を上げようとすると、

「話せば、もしかして、お小夜が見つかるかもしれないんですね」

薬を飲んで落ち着いたおふくは、すがるようなまなざしを円朝に向けてきた。

「確約はできませんが、お力になりたいと思っています」

「ならばお話しします」

良吉が、

「俺が代わりに話そうか」

母親の胸中を思いやったが、

「大丈夫《だいじょうぶ》、あたしが話します」

おふくは青ざめてはいたが、きっぱりと言い切った。

おふくの話はこうだった。おふくの妹で〝喜久家〟に嫁に行ったおしのが、娘、小夜のことで話があると言ってきたのは、六年ほど前の夏で、話の内容はお小夜に見初めた相手ができたようなので、どうしたものかという相談だった。

「その時、妹の口から出たのが、三遊亭遊太という名でした。あたしも妹夫婦も、三遊亭遊太と聞いて、先の見込みもある、たいそう立派な方だと早とちりしてしまったのです」

「それで縁組みを勧《すす》めたのですね」

「噺家さんに限らず、芸人さんと茶屋はもちつもたれつでございますからね。ここへ来られるお客様は、身分が高い方やお大尽《だいじん》ほど、料理だけではなく、芸者さんや噺家さんたちのお座敷芸を楽しまれます。おしののところのお小夜は一人娘ですから、噺家の婿《むこ》を取って、お小夜が〝喜久家〟を切り盛りすれば、それはそれで、どちらの商いにも弾みがつく、そう考えたのでございます。何より二人は好きあっているんだろうし、おめでたいことだと――」

「どうやら、そう上手くは運ばなかったようですね」

円朝は沈痛な面持ちで先を促した。

「弟子は師に似ると言われていますね。円生師匠は寡黙《かもく》で真面目《まじめ》な方と評判でした。ですから、わたくしどもは、弟子の遊太も同じだとばかり思って、安心していたのです。若い娘たちに人気の火消し衆に似ている、いなせな男前は気にかかっていましたが」

遊太は円朝や柳橋ほど繊細な風貌《ふうぼう》ではないが、上背《うわぜい》のあるりゅうとした男前であった。花に例《たと》えるなら、手を伸ばせばすぐに摘《つ》み取ることのできるホウセンカで、弾けた黒い実に似た力強い目が何とも頼もしく見えた。

「女ですか」

遊太が女にだらしがないという話は洩れ聞いていた。

「妹が相談にまいりました。遊太と夫婦《めおと》約束をしているという煙草《たばこ》屋さんが娘さんを連れて怒鳴り込んできたんだそうです」

「素人《しろうと》さんか」

遊太が女にだらしがないと言われるのは、吉原や岡場所で遊ぶのではなく、素人の町娘をその気にさせて、結果、弄《もてあそ》ぶことになるからであった。

「でも、まあ、その程度は、男なら仕方なかろう。ましてや芸人のことだ。二度としないと誓わせて許してやろうということになりました。おしの亭主の義次《よしじ》さんが遊太の味方をしたのです」

「でも、それだけではすまなかった」

「はい。今度は義次さんの方が青息吐息《あおいきといき》でやってきました。忘れもしない大晦日《おおみそか》の日でした。〝百瀬《ももせ》〟の番頭が掛け取りにやってきたというのです」

深川の〝百瀬〟というのは、江戸で一、二を争う老舗《しにせ》の料理屋である。もちろん、円朝たちの屏風絵がある〝玉水楼〟よりも格上であり、料理の値段もはるかに高かった。

「義次さんは何かの間違いじゃないかと思ったそうです。でも、間違いではありませんでした」

「遊太ですね」

「お小夜を問い詰めて白状させたんですよ。気晴らしに飲み食いがしたければ、せめて、喜久家《うち》でやればいいものをと、両親《ふたおや》が意見をしようとしたところ、お小夜は遊太さんの芸は一流を目ざしているんだから、飲み食い一つだって、一流処《どころ》でなければだめなんだと言ったそうです」

五

「たいした惚れ込みようですね」

「お小夜はなかなか子どもができなかったおしの夫婦に、やっとできた一人娘だったので、親の甘やかしがすぎたのです。ただ、掛け取りは〝百瀬〟だけではなくて――」

「酒ですか」

遊太は酒が好きでウワバミのように強かった。

「上物の下り酒しか飲まないんだそうでした。でも、お酒ならたかが知れていますが、これが賭け事となると――」

円朝は驚いた。神経質で厳格な円生は小言幸兵衛《こごとこうべえ》と陰口をきかれるほど、弟子の箸の上げ下ろしにまで細かく口を出す人だったからである。しかし、こうした性癖も今となっては、円生の生来のものというよりも、おりんに感化されたせいで、おりんが遊太を憎からず思っていたのだとしたら、二枚舌といわれる持ち前の要領の良さと相俟って、円生の目は完全に眩《くら》ますことができたのだろう。

「しかし、こうまで次々放蕩《ほうとう》が露見しては、大切な娘さんのことです、妹さんご夫婦も黙ってはいられなかったでしょう」

「ええ、もちろん。それでおしのたちは縁組みを流して、お小夜に諦《あきら》めさせることにしたんです。お小夜はわかったと大人しく諦めたかのように見えましたが、話をした翌日、家からいなくなったのです」

「駆け落ちですね」

「すぐに妹夫婦は四方八方、お小夜の行方を探しました。何とお小夜は吉原でお女郎になっていたんです。あの遊太に売り飛ばされたんですよ」

おふくはそこに遊太がいるかのように、憎々しげに唇を噛みしめた。

「おしのと義次さんはすぐにお小夜を身請けに行きました。ひどい目に遭《あ》ったはずですから、お小夜もやっと目が醒《さ》めて、遊太を諦めると思ったのでしょう。ところが、何日かしてお小夜はいなくなりました」

「また、遊太ですね」

「今度は岡場所から文《ふみ》が届きました」

「親が子を想う気持ははかりしれない。お二人はすぐに駆けつけたのでしょうね」

「ええ。でも、前と同じでした。身請けされたお小夜は迎えに来た番頭を途中でまいて、今度は家の敷居さえまたぎはしなかったんです。これには、さすがのおしの夫婦も娘に裏切られたといたく感じたのでしょう。吉原、岡場所と、お小夜の身請けの金は相当の額で、その心労もあって、ちょうど悪い風邪が流行っていた時でしたから、はじめは義次さんが、次には看病していたおしのが罹《かか》って亡くなりました。今ではどこかにいるお小夜も、両親《ふたおや》が死んで、〝喜久家〟が潰れたと、風の便りに聞いているはずです。なのに、まだ、線香一本上げにこないとは、いったいあの娘《こ》はどうなっちまったんでしょう。あたしが知っているお小夜はよく気のつく、親思いの利口な娘でしたのに――」

　おふくはぼろぼろと涙をこぼした。

「遊太は鬼です。そうでなければ畜生にも劣る悪《わる》で、お小夜に取り憑いているんです」

「その後、お小夜さんの行方は？」

「池之端《いけのはた》で見かけたという人はいたのですが、まだ――。そこには店の者を何人も行かせて探したんですよ。でも、見つからなくて。それからずっと探しているんですが、なかなか――」

「お小夜探しは、おっかさんの執念なんですよ。生きている限り、お小夜のことが気にかかって仕方ないんです」

良吉が口を添えた。

「おしのと義次さんが冥途《めいど》へ行ってからは、よく夢に出てくるんです。二人してあたしに手を合わせて、『お小夜を頼む』って。あたしも年齢《とし》ですからね。あっちへ行った時、あんなに頼んだのに、お小夜はどうしたのかと、二人に問い糺《ただ》されたくないんです。二人の喜ぶ顔が見たいんです。ですから、お小夜を探さなくては、心残りで、もう死んでも死にきれませんよ」

そう言って、おふくは溢れる涙を手の甲《こう》で拭《ぬぐ》った。

結局、手がかりは池之端で見かけたという話だけだった。

――池之端か――

ふと円朝は円生の家からそう遠くないと思った。勝浦貞山《かつうらていざん》に化けていた遊太は、お小夜と一緒に円生の家から、そう遠くない場所に住んでいたのではないだろうか。

「何かお心当たりでも？」

おふくに訊かれたが、

「いや、まだ、話せるほどのことではありませんから」

とだけ言って、〝波留家〟を辞すことにした。

円朝が店を出て歩き始めると、

「師匠」

後ろから追ってきた良吉に呼び止められた。振り返った円朝に、

「実はおっかさんに隠していることがあるんです」

良吉は手にしていた文を見せた。

「これは——」

「お小夜からのものです」

「湯島天神とありますね」

お小夜からの文は金の無心で、これこれと待ち合わせる日時と場所が指定されていた。湯島天神の坂を下ったところの同朋町《どうぼうまち》は遊太と思われる客が、湯槽《ゆぶね》で円生の幽霊話を語った湯屋の一つでもあった。

「これが初めてではありません。もう、かれこれ、半年になります。お小夜には店の者に頼んで金を届けさせています。湯島天神で渡した後、帰っていくお小夜をつけさせて、住んでいるところは突き止めました。妻恋町《つまごいちょう》の裏長屋でした。遊太と一緒だそうです。後ろ暗いことでもしているのか、お小夜ではなく、おきんと名を変えていました。俺がおっかさんに隠しているのは、遊太と別れないお小夜は以前のお小夜ではないからです。俺も従妹《いとこ》のお小夜を実の妹のように可愛く思っています。けれど、情をかけすぎると、叔母《おば》夫婦がそうなったように、遊太に身代をしゃぶり尽くされるのが落ちです。そんなことになったら、ただでさえ身体の弱っているおっかさんの身に何が起きるか——、この〝波留家〟がどうなるか——」

「遊太は三遊亭の門下の者です。同じ三遊亭を名乗る者として、遊太の振る舞いには、こちらも責めを負わなければなりません。お小夜さんのこと、お力にならせていただきます。あたしがその裏長屋に行ってみます」

円朝は〝波留家〟を出た足で、湯島の妻恋町へと向かった。目当ての裏長屋まで来ると、屈託《くったく》のない笑い声が聞こえてきた。路地にある井戸端で、子どもを背負ったおかみさんたちが話に興じている。お小夜が変えている名のおきんに、心当たりがないかと訊くと、

「あんた、ひょっとして三遊亭円朝？」

「あんた、円朝に似ているって言われないかい」

おかみさんたちはじろじろと円朝を穴の開くほど見つめた。

「有り難いことに、よく言われますよ」

円朝は相好《そうごう》を崩して笑って見せた。

「高座の円朝はもっとぞっとするいい男だよ」

「仕方ないだろ。本物じゃないんだから」

「第一、こんなところに円朝が来るわけないじゃないか」

などとひとしきり話に花が咲いた後で、

「おきんさんなら、二つ先の一番奥だけど――」

顔を見合わせ、

「いくら本物でなくとも、あんたほどの男前、何も好き好んで、蟻《あり》地獄に落ちなくてもい

いんじゃないかい」

「そうとも言えないよ。蓼食《たで》う虫も好きずきだからね」

「そりゃあ、昼間っから、助平すぎる話だよ」

「やい、この助平男」

一人が円朝の肩をこづいて笑い転げた。

お小夜と遊太の住まいは、陽の当たらない棟割《むねわ》り長屋であった。

「おきんさん」

声をかけると、

「はーい」

お小夜が油障子を開けた。

「どうぞ、お入りになって――」

長い睫毛《まつげ》をぱちぱちさせて、科《しな》を作った相手に、

「お小夜さんですね」

円朝は念を押した。目の前の見知らぬ女は、まるで、精一杯、見栄を張るかのように、衿《えり》を抜いて濃い化粧をしていた。そこには、見慣れた遊女などの玄人女《くろうと》には見受けられない、育ちのよさを物語る、野暮《やぼ》な痛々しさが感じられた。

「何だ、お客さんではないのね」

うなずく代わりにお小夜は呟いた。その呟きにも捨て鉢な蓮《はす》っ葉《ぱ》さはなく、心からがっ

かりした様子であった。

「あたしは三遊亭円朝と言い、遊太とは弟子仲間です」

「あの円朝さん？」

お小夜の目に警戒が走った。

「どうして、円朝さんがここに？」

「遊太のことを気にかけて訪ねてきました」

お小夜は無言で視線を逸《そ》らし、二人は立ったまま土間で向かい合って話を始めた。

「あなたと遊太の事情は〝波留家〟さんから聞きました。おふくさんや良吉さんは大変あなたのことを案じています」

おふくと良吉の名を耳にしたとたん、

「伯母《おば》さん、良吉兄さん――」

お小夜の目から涙が溢れ出した。

「なつかしい、会いたい――。だって、もうあたしには他に身内なんていやしないんですもの」

「ご両親が亡くなったことは知っているのですね」

「ええ。魚河岸へ行って、〝喜久家〟が潰れて別の店になっているのをこの目で見ました。そうとでもしなきゃ、あたし、おとっつあんとおっかさんがこの世にいないなんて、とても信じられませんでした」

六

「お墓には参られたのですか」

お小夜は黙って首を振った。

「いくら遊太さんと暮らすためでも、あたしがこんなことまでしているのを、あの世の両親に言えやしません」

井戸端にいた女たちが顔を見合わせたのは、お小夜夫婦が蹴転《けころ》をやっているからだった。

蹴転というのは、吉原や岡場所などの遊郭より格の低い私娼窟《ししょうくつ》の一種である。時間の延長をすることを〃お直し〃と言って、遊女が客を出来るだけ長く引き止めるのが、この商いの要《かなめ》であった。客に夫婦になる話などを持ち出して、遊女が「ね、だから、お直しいでしょう」と持ちかけて、客にうんと言わせ、〃お直し〃と廊下にいる遣《や》り手に声をかける。そのたびに蹴転遊女に客が払う金が上がっていくのであった。

「〃お直し〃をさせるために、お客さんに甘い言葉を囁《ささや》くの、あたし、楽しくないこともないんですよ」

お小夜は両手を突っ込んだ両袖を、ひらひらと蓮っ葉に振って見せた。

「あたしって、生まれつきの遊女なのかもしれませんね」

そう言ってお小夜はふっと笑ったが、その顔は寂しげであった。お小夜と遊太の場合、住んでいる長屋に客を引き込むのだから、遊女はお小夜、遊女と客の仲を取り持つ遣り手は遊太ということになる。

「遊太さん、これを思いついたの、噺の〝お直し〟からなんですよ」

廓噺の〝お直し〟は、相思相愛になった吉原の花魁と男衆が夫婦になるものの、二人を店で働かせた主の好意と温情が仇《あだ》になって、男衆だった亭主が呑《の》む、打つの遊びを覚え堕落の一途、ついには店をやめさせられる。年季があけていた元花魁の女房も店を去って夫について行くが、ろくに所帯道具さえない貧窮の中で、思いつく商いといえば、二人で遊女と遣り手をつとめる蹴転しかない。

しかし、商いとはいえこの役割分担、女房と亭主であるだけに無理がある。亭主の焼き餅である。女房と客がねんごろになっている声を、部屋の外で聞いている亭主こと遣り手の口調は、「直してもらいなっ」とだんだんぞんざいになっていく。客が帰れば女房を責めて泣かす。そんなある日、二人が喧嘩《けんか》して仲直りをした後を見はからったかのように、帰って行ったはずの客が戻ってきて、「おう、直してもらいなよ」と声をかける。

誘惑に弱い駄目な亭主と亭主想《おも》いの一途《いちず》な女房、そして、粋《いき》なはからいを心得ている客とが織りなす、何とも心温まる情愛噺でもあった。

「遊太さん、この噺、とても好きで上手いんですよ。ご亭主もお客さんもじわっと優しくて——。あたしたちが噺の〝お直し〟のように暮らしはじめてから、ますます上手になって——。だから、廓噺で有名な柳橋師匠に聞いてもらおうとしたんですけれど——」

お小夜は顔を曇らせた。

――そうか。〝お直し〟は遊太の真骨頂《しんこっちょう》だったのか。これを聞かせたくて、柳橋兄さんを訪ねたんだな。兄さんが〝疝気の虫〟などを持ち出さずに、こっちを聞いていれば、遊太は兄さんの弟子になれたのかもしれない――

円朝は今更のように人の縁《えにし》のままならなさを感じた。

「柳橋師匠のところへ伺《うかが》ってから、遊太さん、あたしにあまり噺をしてくれなくなって――」

お小夜は気がかりの様子だった。

「〝お直し〟の噺をしてほしいってねだったら、『そんなもん、噺だけのことだ。おまえは亭主がありながら他の男に身体をいいようにさせている、ただ、それだけのことだ』って、怖い顔で――。あんまりな言葉です。自分たちも、噺の〝お直し〟をやろうって、言いだしたのも遊太さんだし、あたしは遊太さんのためにやってきたんですもの、だから、あたし、もう――」

こらえきれずにお小夜は円朝に取りすがって泣いた。

「良吉さんは、あなたさえ遊太とけじめをつけてくれるなら、〝波留家〟に戻って、おふくさんを安心させてほしいと言っています」

円朝はお小夜の肩を優しく撫《な》でた。

「そうした方がいいとあたしは思います。あたしが〝波留家〟まで送って行ってあげますから」

しゃくりあげながら、お小夜はうんとうなずいた。

遊太が両国の寄席に円朝を訪ねてきたのは、それから五日ほど経った夜のことであった。真《しん》を打って高座をつとめ終わった円朝が、帰り支度をして楽屋を出ると、

「円朝、俺《おれ》だよ」

沢村松之丞《さわむらまつのじょう》の声音《こわね》が聞こえてきた。

「遊太か。待っていたよ」

円朝はお小夜を〝波留家〟に送り届ける際、お小夜に遊太に宛てた文を書かせた。

この時、円朝は、

「お小夜さんが願っていることをお書きなさい」

と勧めた。

「はい、それでは」

お小夜はこれからは伯母の家の〝波留家〟で、遊太が前のような、優しい情愛で溢れた〝お直し〟を噺してくれる日を待っていると書いた。円朝も、自分もお小夜さんと同じ気持ちでいること、力になれることがあったら、いつでも〝波留家〟ではなく、自分のところを訪ねてほしいと添えた。

「腹は空《す》いてないかい」

円朝が案じると、

「ぺこぺこさ」

「一緒だ。では一膳《いちぜん》飯屋にでも行こう」

「有り難え」

二人が入ったのは〝ひゃく亭〟といわれる、百文きっかりで夕餉《ゆうげ》を出す店であった。

「師匠、今日はちょいと遅めですね」

主がにこにこと笑って迎えた。

「いつものところを」

店は客で溢れている。

「あいにくといっぱいですが、何とかいたしましょう」

「悪いね」

こうして円朝は、円生の家の蔵の中から声を聞いただけの遊太と向かい合った。

「あたしはあれに決めているが、一緒でいいか」

円朝が指さした壁には、本日のお品書き、大竹輪、椎茸、小鯵《こあじ》の天麩羅、ツミレ汁、飯・香の物と書かれた紙が貼ってある。

「もちろん」

遊太は色の褪《さ》めた小袖を着ている。円朝の黄色の帷子をじっと見つめて、

「その形《なり》で百文の夕餉かい」

「おかしいか」

「おかしかねえが、変わった奴だ」

円朝は人に招かれるか、招くことでもない限り、高座の後、たいていはここに立ち寄って、百文の夕餉を摂《と》る。

「今をときめく三遊亭円朝だ。これじゃ、少しばかり、しみったれじゃねえのかい」

「百文の夕餉だって木戸銭より高い。寄席に来るお客さんたちが払う木戸銭は五十文かそこらだ。なけなしの金をはたいて聴いてくれる人もいる。それを思えば贅沢《ぜいたく》はできない。罰が当たる」

「けど芸人は普通じゃ駄目だ。俺がおめえなら、もうちっと、形をつけるな」

「ほう、〝百瀬〟の料理かい」

円朝は口元を和らげたが、その目は笑っていない。

「ついでに下り酒もなんだろうが、あいにく、ここにはそんな洒落《しゃれ》たものはないよ」

「お小夜のことじゃ、正直、こたえた。あんな文を寄越しても、そのうち、戻ってくると高を括《くく》っていたが、なしのつぶてだ。今度は本気で俺と切れる気のようだ。店に行っても門前払いだった」

円朝は、〝波留家〟のおふくや良吉に、遊太が訪ねてきても、決してお小夜に会わせてはならないときつく言い置いていた。

「やっと目が醒めたかい」

「ああ。俺はあいつがいなきゃ、生きていけねえとわかったんだ」

「そりゃあ、よかった」

円朝の目が優しくなった。

「お小夜さんから、〝お直し〟を柳橋兄さんに聞いてもらおうとしたことがあったと聞いた」

「〝疝気の虫〟にはまいったよ」

柳橋から聞いたのとほぼ同じ話を遊太は始めたが、円朝は黙って箸を動かしながら耳を傾けていた。すでに柳橋から直接聞いていたとは言わなかった。陰で噂をしていると遊太に思わせたくなかったのである。聞き終わった後、円朝は、

「間が悪かったな」

とだけぽつりと洩らした。

「それでも柳橋師匠には世話になったよ。毒虫は嫌いだが、上手いことは上手い、弟子には出来ないけれどもと言って、恵比寿屋《えびすや》のご隠居に口を利いてくれたんだから」

恵比寿屋といえば、江戸で一、二を争う本両替商で、隠居の清右衛門《せいえもん》は大の遊芸好きであった。この恵比寿屋の件については、柳橋から聞かされていない。

「何せ、俺は円生師匠の弟子なのに、病気の師匠の世話をしなかった薄情者だってことで、四方八方から袋叩きだからね。席亭は、どこも木で鼻を括ったようだし、仲間と道ですれちがっても、誰も目を合わせてくれねえ。ずっと干されて仕事がないんだ。〝お直し〟だって、やりたくてやってたわけじゃないぜ。誰が惚れた女にあんなことをさせてうれしい

もんか――」

「一つ訊きたいが、どうして、師匠が病に臥した時、めんどうをみようとしなかったんだ？　世間が言うような薄情からか？」

「人に話したことはねえんだが」

「聞きたい。話してくれ」

「俺とおめえだけの話だと約束してくれるなら、話してもいい」

「もちろんだ」

七

遊太は話しはじめた。

「俺はおとっつぁんの顔は知らねえ。どうして、そうなったか、おっかさんは話してくれなかったが、後で親戚に訊いた話じゃ、天下祭りで知り合った田舎侍《いなかざむらい》がおとっつぁんらしい。おっかさんとのことは祭りの賑わいがなせる遊びで、俺が腹にいることも知らずに、すぐに忘れて国許《くにもと》へ帰ってしまったんだという話だ。おっかさんは大工の娘でね。仕立物で細々と銭を稼いで、育ててくれたんだが、俺が六つの時に無理が祟って死んだ。一緒に暮らしていた大工の祖父《じい》さんも死んで、それからはお定まりの話で親戚を転々とさせられた。おっかさんの親戚のことだ。暮らしぶりのいいところなぞ、ありゃしねえ。どこでも厄介者《やっかいもの》扱いだ。俺が二枚舌の調子のいい奴だと言われるのは、子どもの頃、どこへ行っても厄介者扱いされ、何とか気に入られようと、相手に取り入ろうとするのが習い性になってしまってるのかもしれねえ。けど、俺だって好きでそうなったんじゃねえんだ。気がついてみると、自分ばかり目をかけてもらえるよう、あちこちでいいこと、悪いことを適当に言って、握り飯を分け合った仲間まで蹴落としているのさ。こればかりはどうしようもねえ。仲間だけじゃねえ、そこら中で嫌われていることもわかっていた。化けの皮は剝がれるものだからな。つくづく自分が嫌な奴に思えて深酒をすることもあるんだ」

「そこまで自分が見えていて、どうして、円生師匠の世話をしようとしなかったんだ？」

「身内の一人が死にかけていた」

「たらい回しの先か」

「ああ、そうだ。報《しら》せが来た時は別にどうとも思わなかったが、どうして、報せてきたのかとふと気にかかった。死にかけていたのは、おっかさんのすぐ上の姉さんで、川越の小さな布団《ふとん》屋に嫁いでいた伯母さんだ。年子で五人もいて、一番酷《ひど》く当たられたところだった。俺なんかに報せてきたのは、五人も子どもがいるのに誰も世話をしようとしねえんじゃねえかって、気を回しはじめると、もう止まらなくなっちまって、気がついてみると、伯母さんの布団屋の前にいた」

「その伯母さんの世話をしたのか」

遊太はうなずいた。

「布団屋は跡を継いだ長男が道楽をしてすっかり左前になってた。俺を呼んだのはこの長男だった。外に出た弟や妹たちは、長男に金の無心をされるのを恐れて、寄りつかねえ。長男はこの場に際しても、廓と茶屋通いを止めねえ。さすが、俺の従兄《いとこ》さ、どうしようもねえ奴だ。こいつを見ていると、自分を見ているようだった。そのうちにおかしくなってきて笑った。だって、そうだろう、よりによって、どうしようもねえ奴がどうしようもねえ奴に助けを求めたんだから。だが、よくよく考えてみると、これも仏縁かもしれねえ、この世に生きている間に、俺みたいなろくでなしも一つくらい、善行を積めという、仏様のお導きかもしれねえと思ったんだよ」

「そうだったんだな。円生師匠と川越の伯母さん、どっちの世話をするか、悩んでいたのか――」

「円生師匠の世話は俺でなくともできる。いよいよとなったら、円朝、おめえが放っておかないこともわかっていた。けど、ろくでなしの従兄のおっかさんの方は、この俺しかいない。円生師匠の世話をすれば、周りから後ろ指は差されねえどころか、よくやったと褒められただろうが、伯母の世話をしたところで、従兄が楽をするだけで何にもならねえ。これこそ、掛け値なしの善行だったのさ」

「どうして、もっと早くに話さなかったんだ?」

円生の通夜の席などで、事情を三遊亭の門人たちに話していれば、遊太がここまで悪く言われることはなかったように思われる。

「さっき言ったろう、この話は誰にもしたかなかったって」

「だが――」

「俺はさ、自分がひねくれ者だとわかっているだけに、他人《ひと》に生まれや育ちを話して、だからあんななんだと言われたかねえんだよ。せめてもの意地だ。もちろん、薄っぺらな同情も真《ま》っ平《ぴら》だ。それに言い訳して、悪く言われなくなったら、掛け値なしの善行じゃなくなるだろう」

「それはそうだが」

「だったら、もうこの話は聞かなかったことにしてくれ」

「それでは――」

寄席から閉め出され続けて、この先どうやって暮らしていくのかと円朝は気になった。言葉を続けなかったのは、薄っぺらな同情と思われてはいけないと慎んだのである。

「実は頼みがあるんだ」

遊太は切り出し、自分でも力になれることがあったのだと、円朝はほっと胸を撫で下ろした。

「今、俺は恵比寿屋のご隠居さんの世話になっている」

「座敷噺か」

座敷噺とは高座ではなく、宴席や個人の家の座敷で演じられる噺である。

「恵比寿屋のご隠居は清右衛門さんというのだが、精右衛門と直した方がいいんじゃねえかと思うほど、これが好きでね」

遊太は小指を立てて見せた。

「隠居してもなお、お盛んだ。だから楽しみは若い芸者なんぞを呼んで、好きな噺の艶っぽいのを聴くことなんだよ」

「それで〝疝気の虫〟だったんだな」

〝疝気の虫〟では男にあって女にない一物の話が、面白おかしく語られるから、老人の回春にはうってつけかもしれなかった。

「俺の〝疝気の虫〟は生きがいって、大変な気に入りようなんだ。よく飽きないものだよ。おかげで、五日に一度は〝疝気の虫〟を演らされる。おかげで細々とは食えるってわけさ」

とはいえ、座敷噺だけではやはり、先がないだろうと円朝は案じた。

「恵比寿屋のご隠居さんの力は大きい。名だたる席亭もご隠居さんには一目《いちもく》置いている」

「そうだろうな」

「ご隠居さんが推してくれれば、たとえごり押しでも、俺は高座へ戻れる」

「なるほど。そりゃあ、何としても、ごり押ししてもらいたいところだね」

「円朝にそこまで言ってもらえると有り難てえ」

遊太はうっすらと涙を浮かべた。

「ところで、ご隠居さんは三遊亭円朝を贔屓にしている」

「ほう、そうだったのか」

時折、贔屓の客が楽屋にまで訪れてくれて、挨拶《あいさつ》を交わしたりはしたが、恵比寿屋清右衛門が訪れたことはなかった。品川の〝玉水楼〟の開店披露の宴《うたげ》の時にも姿は見ていない。

「ご隠居さんはいくら贔屓でも、芸人のそばをちゃらちゃらするのが好みじゃねえんだよ。高座を見上げているのも面白くない」

「それであたしにも座敷噺をご所望なのか」

円朝は先を読んだ。

「そうなんだ。近頃、ご隠居さんと親しくなった千龍《せんりゅう》という名の辰巳《たつみ》芸者が怪談好きでね、是非とも、ちょいと怪談には早い今の時期、三遊亭円朝の〝四谷怪談〟を座敷で聴きたいと言っているのさ。まあ、円朝贔屓はご隠居ではなく、千龍の方かもしれねえな」

黙って聞いていた円朝は、これでは遊太と名乗るようになった時と、同じではないかと思った。

「男は好いた女のためなら、たいていの無理は通すもんなんだよ」

「まあ、そうかもしれないが」

正直、円朝は男の性がなせる弱味につけこむのは気が進まなかったが、これも遊太を高座に上げさせてやるためだと思い切ることにした。

「わかった。恵比寿屋のご隠居さんの前で、〝四谷怪談〟を演らせていただこう」

「え、引き受けてくれるのか」

「もちろん」

「円朝」

遊太の声が詰まった。

「何と礼を言っていいか――」

「礼には及ばない。仲間じゃないか。その代わり、しっかり、ご隠居さんに引き立ててもらうんだぞ。お小夜さんのことだってあるんだから――」

「そうなんだ。お小夜にはいつか、きっと、高座であいつの好きな〝お直し〟を俺が演って、喜ばせてやりてえんだ」

遊太は目を潤ませた。

八

日本橋本町四丁目にある、恵比寿屋清右衛門の隠居所で〝四谷怪談〟を噺すと決まった当日の暮六ツ(午後六時頃)、円朝は栄朝には行き先を告げずに家を出てきた。何も手にしていない。懐に扇子《せんす》を入れているだけであった。〝四谷怪談〟といえば芝居噺なので、いつもは背景に飾る仕掛け付きの錦絵《にしきえ》や、張り子で出来たお岩の人形などを使う。大道具なしの〝四谷怪談〟の舞台を提案したのは、遊太であった。

「円朝の〝四谷〟は道具なんぞなくても、お岩さんや伊右衛門さんが身内みたいに思えて、聴かせてくれる。それにご隠居さんは特別が好きだしな。一つ、灯《あか》りを点《つ》けないで噺してみちゃ、くれないかい」

大きな錦絵や等身大の幽霊人形を運ぶには、栄朝の手を借りなければならなかったから、使うとすれば栄朝に理由《わけ》を、遊太のことを話さなければならなかった。栄朝を案じさせることになる。大道具なしとなれば、その必要もなくなるわけで、円朝にとって遊太の勧めは渡りに舟であった。

その栄朝は、

「お堅いので通っている師匠にだって、たまには息抜きはいりますよ。まあ、これも芸の肥やしでござんすよ」

物わかりのいい母親のようなことを言って送り出してくれた。

「まあね」

円朝は、にやりと笑ってうなずいて見せた。知らぬが仏である。

店の西側の路地の入口にいた遊太は、色の褪めた小袖に袖丈の短い羽織を重ねていた。

「羽織は座敷噺に呼ばれるたびに損料屋《そんりょうや》から借りているんだよ」

円朝は一刻も早く、遊太が借り着などせずにすむようにと願った。そのために自分ができることは、千龍を、ひいては清右衛門を喜ばせることであった。

清右衛門の隠居所には、恵比寿屋の庭を二つに隔てるかのように、およそ商家の庭には不似合いな高い生け垣が池の向こう側に設《しつら》えられている。出入り口は裏木戸のみで、馴染《なじ》みの女たちが気兼ねなく出入りできるようにとのはからいであった。

「ご隠居さんは道具や仏像にも道楽がある。死んだら楽しめないんだからと言って、いつでもながめて楽しめるよう、集めたお宝を蔵にも入れずに、隠居所のそこかしこに置いてあるんだよ」

お宝や蔵と聞いて、円朝は、はっとした。遊太が勝浦貞山に化けて円生の家の蔵に通っていた理由を思いだしたからである。

「おめえ、あの時のことを考えてるんだな。盗っ人《ぬすっと》の片棒を担ごうとしてたと思われても無理もねえが、あれにはちょいと理由があるんだ」

「理由が何であれ、盗みは悪いことだぞ」

「わかってる。おめえが逃がしてくれた恩は身に染みている。だから、二度と同じことはしねえ」

「それならいいのだが」

遊太は今にも泣き出しそうな顔である。

「俺は今、何が辛いかって、おめえに疑われるのが何よりこたえる」

「悪かった」

円朝はほっとしていた。

隠居所に入ると、待っていた小女《こおんな》のおうたが円朝と目を合わせ、

「ご隠居様、おいでになりましたよ」

赤い顔になって奥へと報せに行った。

しかし、

「千龍か」

恵比寿屋清右衛門が待ちわびていたのは、辰巳芸者の方であった。

「まあ、上がってもらいなさい」

ちらりと円朝の方を見た清右衛門は、不機嫌そうに見事に禿《は》げ上がった頭を振り、小太りの身体を揺らした。

「今宵はお招きいただき有り難うございます。拙《つたな》い芸ではございますが、ご披露させていただきます」

円朝は腰を屈《かが》め丁重に挨拶をしたが、

「うむ」

清右衛門はうなずいただけだった。

遊太の方は、

「あの、千龍さんがまだなら、あたしがひとっ走り、深川まで行ってお呼びしてめえりやしょうか」

三和土《たたき》に這いつくばって、清右衛門の機嫌を取り始めた。

「それには及ばない。今、家の者をやっているから」

清右衛門は遊太に頭を上げろとも言わずに、奥へと踵《きびす》を返した。

気むずかしく我が儘な老人だ、と円朝は遊太が気の毒になった。すると、清右衛門がいなくなるのを見澄まして、立ち上がった遊太が、

「気にしてくれなくていいんだよ。ご隠居の操り方は心得てるんだから。お大尽なんて、みんなあんなものさ」

と素早く耳打ちしてきた。

それから半刻《はんとき》（一時間）ほどして、千龍が駕籠でやってきた。

「何、千龍が来た――」

円朝たちと座敷で向かい合っていた清右衛門の、むっつりした顔がぱっと輝いた。

「千龍、千龍」

まるで初めて凧《たこ》を買ってもらった子どものような喜び方である。おかげで顔中が笑みに埋まって皺《しわ》だらけで、思わず緩んだ口元から入れ歯がずり落ちそうになったのを、清右衛門はあわてて直した。

円生もおりんと過ごしている時、こうした、無心な笑いを浮かべていたことを円朝は思い出した。男でも女でも相手に惚れるというのは、不可思議で滑稽《こっけい》で、幸福この上ないもののように思える。

清右衛門が惚れきっている千龍は、すらりと姿のいい中年増《ちゅうどしま》で、つり上がった切れ長の涼しい目が負けん気の強さを表していた。

千龍は、

「常からあたしは本物の怪談が聴きたいと思っていたんですよ。本物なら何も夏に限らないし、どたどたと道具立てしなくったって、怖がらせることができるはずでしょ」

と言い切った。円朝をじっと見つめる目は、挑んでいるようであり、また、すっと流し目になって誘ってもくるのだった。

円朝の心が波立ったのは、千龍が円生の妻、おりんの若い頃に似ていたからであった。どちらもきりっとした中高《なかだか》の顔立ちだったが、似て見えるというほどではなく、万人が認める美貌ゆえに傲《おご》った気性と、美しい花に潜む棘《とげ》にも似た、怖いほどの情念を感じさせた。この手の女は滅多に男に惚れないが、万が一惚れて、想いが叶《かな》わなかったり、裏切られたりしたら、どれほどの怨念《おんねん》がこの世に残るだろうかと、円朝は戦《おの》きながら、〝四谷怪談〟を噺し始めた。

すでに灯りは消されている。誰の顔も見えない。仕官を望む不実な夫、伊右衛門の奸計《かんけい》にあって、毒を盛られたお岩は悶《もだ》え苦しんだ後、自ら死を選ぶ。ここまで噺してきた円朝に見えていたのは、おりんに似た千龍の顔であった。美貌を謳《うた》われたというお岩に千龍が重なっている。円朝の心に大きな白波が立ち、己の〝四谷怪談〟にいつになく、迷いが出てきていた。

ところが、お岩が無残な顔になったとたん、千龍の顔も消えた。髪が抜け落ち、目が潰れ、爛《ただ》れた肌が見えるようになったわけではなかった。顔はもう見えない。見えているのは鋭い刀剣を思わせる一筋の光であった。

いつものようにお岩の心だけが見える。それはもう千龍ともおりんとも無縁だった。美醜を問わず、すべての女たちの心に潜む闇だった。まさに女ならではの、相手を貫き通す魔の光。その光が伊右衛門を追いかけ、照らし出して行く。自身の悪行に震え戦く伊右衛門の心も見えてきた。伊右衛門の方は心が顔になっている。恐怖と悔恨に歪《ゆが》みきった、すでに死んでいる地獄の亡者《もうじゃ》の顔であった。

円朝は魔の光に指図されるままに、自滅していく伊右衛門の哀れな末路を噺し尽くした。灯《とも》りが点されるまで、座敷の暗がりは、しんと水を打ったように静まりかえり、四月も半ば過ぎだというのに、ぞくぞくと言いしれぬ寒気が充《み》ちてきていた。

「さすが、三遊亭円朝だ。大道具を使わず、素噺《すばなし》だけで〝四谷〟をここまで演れるとはたいしたものだ」

灯りがつくと清右衛門は満足げに手を叩いた。周りが呆れるほどの噺好きだけあって、その目には多少ではあったが、畏怖《いふ》にも似た敬意がこめられている。

「前に高座で聴いた師匠の〝四谷〟より、お岩さんの哀しみがよく語られていて、ようござんしたよ。お岩さんがふた目と見られなくなるところなんざ、何とも、女心の切なさがよく出ていて、そこだけ、柳橋師匠がお演りになっていると思えたほど——。前のはさらっと流して噺していらしたから、物足りなかったんです。名の知れた独眼の武将や、剣の遣い手なんかの男から見たら、〝それがどうした〟なんでしょうが、女はね、みんな、自惚れ鏡を持っていて、誰だって、顔が命で、それがどうにかなるのは、もう、死ぬほど辛いことなんですよ」

千龍は辛口《からくち》に褒めた。

柳橋のお岩が変貌する時の語り口には、予《かね》てから定評があり、円朝は手本にしようとしていたのだったが、なかなか叶わなかった。すがすがしい美貌だという、周囲からの賞賛はさておき、見栄えに柳橋ほど拘らない円朝は、醜貌《しゅうぼう》への変化が死を選ぶほどの打撃になるとは、実感できずにいたのであった。なるほど、おりんに似た千龍を、お岩に重ねて噺したのはよかったのだと円朝は思った。

九

後は〝口福屋《くちふくや》〟から仕出し料理が運ばれてきて酒宴になった。初代の贔屓筋は吉原の遊郭だったという〝口福屋〟の仕出し料理は、大きな盛台の上に松や花などがあしらわれ、そのまわりに肴が盛りつけられている。味のほどはさておき、たいそう値が張ることで知られていた。金に糸目をつけずに余生を楽しもうとしている、清右衛門らしい趣向であった。

「さ、さ、ご隠居、お一つ、ぐっと行きましょう」

銚子を片手に清右衛門に貼りついた遊太は、巧みに清右衛門の機嫌をうかがっている。

「余計だよ。膝を温めてほしいのはおまえさんじゃあないよ」

遊太の酌を嫌々受けた清右衛門は、わざと顔をしかめて見せたが、その声は満更でもない。隣りに座っているほろ酔い加減の千龍が、清右衛門の膝を撫でていたからである。

「そろそろ、師匠にあれをごらんいただこう。わしの部屋へ行って持ってきてくれ」

「いつものですね」

心得た千龍はうなずいて立ち上がった。戻ってきた千龍は、五色に編まれた紐《ひも》が掛けられている、手に乗るか乗らないかの大きさの木箱を二つと、花鳥風月の絵柄が描かれた金《きん》蒔絵《まきえ》の香箱《こうばこ》を手にしていた。

「まずはご隠居、箱書きを読んでやってくださいよ。円朝がどれほど喜ぶかしれませんから」

遊太は媚びた声音で促した。

清右衛門は朗々と箱書きの銘を読み上げて、この大高麗茶碗《だいこうらいぢゃわん》と漢作肩衝茶入《かんさくかたつきちゃいれ》は、どちらも太閤秀吉《ひでよし》殿下ご愛用のものだったと言い添えた。

太閤秀吉ゆかりの品と聞いて、円朝は清右衛門から渡された茶碗と茶入れを持つ手が、思わず震えた。

僧侶にして茶人の安楽庵策伝《あんらくあんさくでん》が太閤秀吉の前で、落とし噺を披露したのが、噺の始まりだといわれていたからであった。

「これはたいそうご立派な――」

茶碗は割ってはならない、茶入れは傷でも付けてはと気づかって、円朝はあわてて各々を畳の上に置いた。

「まだまだ序の口でございましょ」

遊太が沢村松之丞そっくりの高い声を出した。

「まだお宝がおありなのですか」

円朝は調子を合わせた。これも遊太が高座に戻るためである。

「千龍」

「あい」

促された千龍は五寸（約十五センチ）近くはあろうかと思われる大きな香箱の赤い房の付いた紐を解いた。

「これは由緒ありげなお品で――」

「昔々、京の姫君の婚礼道具だったものだと聞いておるが、この価値はそれだけではない」

清右衛門はにやりと笑って、香箱の蓋《ふた》を開け、中に納められている十個もの小箱を並べて見せた。小箱の中には白、緑、赤と、見事な真珠と翡翠《ひすい》、珊瑚《さんご》の大玉が入っている。夜の灯りの下でも艶やかに輝いている。

「珍しいものですね」

円朝は一瞬目を瞠ったが、すぐにその目を伏せた。真珠や翡翠、珊瑚は金や銀と同様、禁制品であった。豊かな商人たちはこれらの品を競ってお宝にしていると聞いてはいたが、目の当たりにするのは初めてだった。あまりにも眩《まぶ》しい。

「綺麗なものであろう」

清右衛門は真っ赤な珊瑚を手に取って、慈しむように撫でた。

するとと清右衛門の膝に手を置いていた千龍は、

「どうせご隠居はあたしよりも、お宝の方が大事なんでござんしょ」

ぷいと席を立つと、

「同じ膝ばかりじゃ、あたしも飽きちまいましたよ」

円朝の横に座った。

「お酌をさせていただきます」

円朝は千龍の空いた手を避けるように座り直して、盃《さかずき》を受けた。

「うふふふ」

じっと見ていた清右衛門は含み笑いを洩らして、

「お宝も女も皆、同じように可愛いが、女は拗《す》ねるからなお可愛い。本当だ」

とのろけて見せた。

一刻（二時間）ほど経って、千龍の酌でしたたか酔った円朝は、清右衛門の深酒につきあいすぎて酔い潰れた遊太を、妻恋町の裏長屋まで送り届けてから、浅草にあるわが家に帰り着いた。その頃には酔いの方はすっかり醒めていたが、どっと疲れが出て、栄朝を起こすまいと、抜き足差し足で自分の部屋の布団にもぐりこむと、すぐに寝入ってしまった。

「師匠」

目が醒めると栄朝が枕元に座っていた。脱ぎ捨てた帷子を畳んで乱れ箱に入れたところで、

「いったい、これはどうしたんです」

昨夜、清右衛門の家で見せられた茶入れを持っていた。

「どうしてこれがここに――」

驚いた円朝は酒を過ごした日の翌日のけだるさも忘れて飛び起きた。

「訊きたいのはこっちの方ですよ。師匠の帷子を畳んでいたら、ひょいと片袖から転がり出てきたんです。あたしは決して、骨董《こっとう》に目利きというわけじゃありませんが、親戚に骨董屋がいるんで多少はわかるんですよ。こんな枯れたものが、色街や遊里にあるとは思えませんね。どこへおでかけだったんです」

観念した円朝は、昨夜訪れた場所が恵比寿屋の隠居のところで、〝四谷怪談〟を座敷噺で演り、たいそうなもてなしを受けた上、目が潰れるほどのお宝を見せられたことを正直に話した。

「つまり、太閤殿下ゆかりの名品だってわけですね」

円朝がうなずくと、栄朝の顔はますます青くなった。

「師匠、これは大変なことですよ」

「だろうな」

今頃、清右衛門のところでは大騒ぎになっているはずだった。

「師匠の袖の中に入っていたなんてわかったら、師匠は盗っ人でお縄になっちまいます。どうして、袖にこんなご大層な代物が入ったのか、覚えてはいないんですか」

栄朝の言葉が円朝の頭にがんがんと響いている。

「遊太なんぞに関わって、座敷噺をなさることを、あたしに内緒になすったりするからですよ」

栄朝の舌鋒《ぜっぽう》は鋭い。

「なにぶん、酒を過ごしたからねえ。あたしとしたことが――」

円朝は只《ただ》でさえ、二日酔いで痛む頭を押さえた。

「栄朝、悪いが冷たい水で絞った手拭いをくれ」

「大丈夫ですか」

栄朝は少し言い過ぎたという顔で井戸端へと走った。円朝は布団の上に座り直し、栄朝が絞ってきた濡れ手拭いを頭に置いて、片手で押さえた。

「本当に何も覚えてないんですか」

栄朝の声はいくらか低くなっている。うーんと唸《うな》るように円朝はうなずいた。

「太閤殿下は噺と噺家の守り神だと、あたしはかねがね思ってる。茶の湯も多少たしなむから、太閤殿下ゆかりのものだという、茶碗や茶入れが何だか、とても慕わしく思えた。手にしていると放したくなくなりそうで、あわてて畳の上に置いたほどだ。持ち主の清右衛門さんが羨《うらや》ましくもあったよ。だから、もしかすると、酒で心の歯止めが利かなくなって――」

「何を言いだすんです、師匠」

栄朝は大声を出した。

「人の悪事は出来心ゆえがほとんどで、根っから、悪いことばかりしようとする者は少ないというから――」

円朝は栄朝の手から茶入れを奪うと、

「それにしても灰色を帯びた紫褐色の釉《うわぐすり》が何ともいえないな」

まじまじとながめて、昨夜、清右衛門が玉の類《たぐい》をそうしていたように、ぐるりと愛おしく撫で回した。

「おや、おかしい」

茶入れを畳に置いた円朝は両手を開いた。茶入れを撫で回した、右手の指の中三本が離れない。

「この名品には人の指をくっつける力でもあるのかね」

「まさか」

試してみた栄朝は、

「ただの糊《のり》ですよ。茶入れの肌に糊が付いていて、師匠が濡れ手拭いを押さえていた手で触ったから、べたべたしているだけです」

と素っ気なく答えた。

「それでも不思議だ。これは大事に箱にしまわれていたものだよ。昨夜、拝見した時は、糊など付いていなかった、どうして糊が付いて、あたしの袖に入ったのか――」

首をかしげる円朝を尻目に、

「これに糊が付いていようがいまいが、どっちでもいいことですよ。今、あたしにわかってるのは、この茶入れが疫病神だってえことだけです。師匠の言う通り、恵比寿屋のご隠居は、今頃、お宝が無くなったと血相を変えているかもしれませんが、誰のせいで無くなっちまったかまではわかっちゃいないはずです。師匠の袖の中にあったことなぞ、まだ誰も知らないんです。だから、ひとまず、これを誰にも見つからないところに隠さなくては――」

栄朝は風呂敷《ふろしき》を持ってきて、茶入れを包むと、厨《くりや》の使っていない味噌《みそ》入れの中に放りこんで、戻ってきた。

「だが栄朝、昨夜、あの家にいたのは、主の清右衛門さんのほかに、あたしと遊太、千龍姐《ねえ》さん、小女のおうたの五人だ。清右衛門さんは別にして、いずれ、四人のうちの誰かが盗んだに違いないと疑いがかかる。あたしがここで茶入れを隠していていいものか、どうか――」

いつになく気むずかしい顔で腕組みをした。

十

南町奉行所同心津川亀之介《つがわかめのすけ》が円朝の家を訪れたのは、この日の昼八ツ（午後二時）過ぎであった。

「これはこれは津川様、今日はまたよいお日和《ひより》でございますね」

応対に出た栄朝はいつになく丁寧《ていねい》だった。

「師匠、いよいよお出《い》でなさいましたよ」

津川の来訪を告げる栄朝の声は震えている。

「栄朝、隠した茶入れを出しておいで」

「ええっ、いいんですか」

「早くお出し」

「だって――」

「奉行所の方々は常々、詮議《せんぎ》のお役目を果たされて禄《ろく》をはんでおいでなのだ。目は節穴ではない。いずれわかる。いや、もう、おおよそわかっておいでになったのかもしれない。下手《へた》に隠し立てするとかえって墓穴《ぼけつ》を掘ることになる」

「わかりました」

栄朝はしぶしぶ厨へ行った。

「お邪魔いたします。今日は御用の向きのことで、お訊ねしたいことがあってまいりました」

円朝のいる客間に入ってきた津川は浮かない顔でもあり、また、どことなくよそよそしかった。

「師匠が昨夜、日本橋本町四丁目にある恵比寿屋の隠居所で座敷噺をされたというのは、本当のことですか」

「はい、まぎれもなく」

「実は本日、早朝に恵比寿屋からお宝が盗まれたとの訴えが奉行所にありました。盗まれたのは太閤秀吉殿下由来の大高麗茶碗に漢作肩衝茶入、京の公家平光家が所蔵していた香箱一式だそうです。香箱は寸分違《たが》わぬ張り子の贋物《にせもの》にすり替えられていました。あれほど見事な出来なら夜目《よめ》をごまかすのには十分です」

「ほう」

張り子と聞いた時、円朝の目がきらっと光った。

「当初わたしたちは、盗賊の仕業だとばかり思ったのですが、先ほど、日本橋本町四丁目まで出向いて、話を聞いてみると、隠居はこれらのお宝を、宴席の余興にその場に居合わせた者たちに見せたのだとか――」

「その通りです。拝見しました」

「盗賊が押し入った様子はありませんでした。だとすると、これはもう、昨夜、清右衛門の隠居所にいた者たちの中に、盗っ人がいる、ということになります。居合わせたのは師匠、あなたと三遊亭遊太、辰巳芸者の千龍、小女のおうた、間違いありませんね」

「そうなります」

円朝はうなずくよりほかなかった。

「盗まれた清右衛門はさておいて、初めに話を訊いたのは小女のおうたでした。おうたは清右衛門が酒宴で自慢のお宝を呼んだ客に見せる際、千龍が座敷と清右衛門の部屋とを行き来して、お宝を出してきたり、しまったりする役目を言いつかっていたと話してくれました。一番怪しいのは千龍です。清右衛門に訊いてみると、千龍は母親の病気を理由に、相当の金子《きんす》を清右衛門に貢がせているとわかりました。我が儘で金のかかる女だというのが、他の客たちや芸者仲間の評判です。きっと千龍にはいくらでも金が入り用だったのでしょう。それで千龍をお縄にして、番屋で詮議していたのですが、妙なことを言いだしまして——。千龍があなたの脇に座って酌をした時、袖から見えた物があると言うのです。お宝の茶碗と茶入れが重なっていたと——」

茶入れを手にして、廊下で聞き耳を立てていた栄朝はあっと叫びかけた。気配に気がついた円朝は、

「栄朝、お入り。例のものを津川様にお見せするんだ」

と声をかけた。

「これは——」

栄朝の差し出す茶入れを受け取った津川は息を呑んだ。

「太閤殿下の茶入れでしょう。今朝、あたしが昨夜着ていた帷子を栄朝が畳んでいて、袖の中から見つけたものです」

「ということは——」

津川の長い顔が凍りついた。

「あたしには覚えのないことです」

「しかし――証《あかし》が」

「師匠は盗っ人なんかじゃありませんよ」

泣きそうな顔の栄朝は、殴りかからんばかりの勢いである。

「そう信じたいのはやまやまだが――」

津川は緊張のあまり両目をぱちぱちさせた。

「それで大高麗茶碗の方は――」

円朝への疑いを払拭《ふっしょく》してはいない。

「そんなもん、ありゃしませんよ」

栄朝はつっけんどんに言った。

「残念ながら、あたしの袖から出てきたのは、茶入れだけなんです」

「香箱は――」

「しつこいですよ」

栄朝はとうとう拳を固めた。

――それにしても、師匠ときたら、何でこうも余裕のある顔をしているのか――

ちらりと栄朝が見た円朝の顔は、さっき袖から茶入れが出てきた時は真っ青だったのに、もう大して青くない。いつものおだやかで落ち着いた表情の円朝であった。片や、円朝が盗っ人に違いないと思い込んでいる津川の顔は、眉も目も怒り、殴りつけたら割れてしまいそうに硬い。

「津川様」

円朝は何気なく微笑した。男の色気が人となりにいい具合に溶け込んだ、温かい笑みであった。

「何だ」

津川は知らずと口調を変えていた。

「栄朝、昨夜着ていた帷子を持っておいで」

円朝は栄朝が持ってきた帷子の袖口を開いて、

「袖口は六寸（約十八センチ）の寸法、茶入れや茶碗は何とか入っても、小箱が十も納められている香箱までは入りますまい」

と言い、麻で出来た袖を振って見せて、

「それにこれはこの薄さです。耐えられる重みはせいぜい茶入れまでですよ」

と続けてふっと笑った。

「とはいえ、他のお宝は袖に入れずに盗んだと言われてしまえば、それまでですが。ならば、こう説明いたしましょう」

円朝は栄朝に濡れ手拭いを持ってこさせた。

「津川様、湿った手で茶入れを撫でてみてください」

津川は言われた通りにした。

はありません。茶入れは浴衣などで

「持ち主の清右衛門さんがお宝にそんなことをするとは思えません。茶入れは浴衣などで
はありませんから」

「ならば誰が」

「香箱は張り子の贋物とすり替えられていたとおっしゃいましたね」

「そうだ」

「紙を重ねたり、固めたりする張り子の細工には糊をたくさん使います。糊を使った紙が水で濡れると、糊が滲《にじ》み出てきます。あたしの袖にその茶入れを投げ込んだ者は、張り子の香箱を水で濡れた手で触った後、茶入れに触ったんです」

「なにゆえに盗っ人は水で手を濡らしたのか」

津川はまだ半信半疑であった。

「おそらく、仲間から受け取った茶碗を隠すためでしょう。茶入れはわたしの袖に投げ込むつもりでいたが、茶碗までは無理ですし、何より勿体《もったい》ない。それでとりあえず、清右衛門さんの家の庭の池にでも沈めたのではないかと思うのです」

「その時、そやつはすり替えるため、張り子の香箱を手にしていたというわけか」

「そういうことになります」

「ということは、お宝を盗み出して渡す役目の者、渡されて隠す者とで盗っ人は二人いたということだな」

「ええ」

円朝は顔を翳《かげ》らせてうつむいた。

「骨董の名品と寸分違わぬ張り子の香箱など、売られているはずはない。盗っ人の一人は張り子で香箱を作れる者ということになる」

黙って円朝はうなずいた。

「噺家は芝居噺で使う大道具、小道具を自分の手で作る。師匠は仕掛け絵が得意だが、円生師匠のかつての弟子、三遊亭遊太は張り子作りの名人だ」

「それはもう、素晴らしい出来です」

誰しもが夏場のネタに持つ〝四谷怪談〟だったが、高座に上がっていた頃の遊太の〝四谷怪談〟は、舞台に出てきて、「恨めしやー」と客を怖がらせる、張り子で出来たお岩の幽霊の方が、噺よりも怖い、凄いと大評判であった。

「幽霊までも張り子で見せる遊太ならば、張り子の香箱を作るなど、造作もないことにちがいない。どうやら、これで決まりですな。遊太の住まいは清右衛門に聞いている。早くしないと逃げられてしまう」

そう言って十手を握りしめ、立ち上がった津川に、

「あたしもご一緒します。まだ遊太が家にいて、逃げようと刃向かったら、説得して罪を認めさせ、進んでお縄につかせてやりたいのです――」

と言って円朝も腰を上げた。

――あたしにはわからない。なぜ、あれほどまでに自身の行いを悔い、辛く当たられた親戚の末期《まつご》を看取《みと》って、掛け値なしの善行なのだから、円生師匠のことの言い訳にはしたくないと言っていた遊太が、またしても悪に手を染めるとは――。どうしてこうなったのか、遊太にじかに話を聞いてみたい、それでなければとても信じられない――

こうして、二人は遊太の住む、湯島は妻恋町の裏長屋へと急いだ。

円朝は遊太に問い糺せなかった。二人がかけつけた時、すでに遊太は骸《むくろ》になって横たわっていたからである。腹に匕首《あいくち》が深々と突き刺さっていた。傍《かたわ》らには、恵比寿屋の隠居清右衛門のお宝である、香箱に納められていた小箱が三つ転がっていた。匕首を抜いた津川は、

「湯島の大家源三《げんぞう》の時とよく似ています。それに盗まれた小箱もある。遊太は〝鬼百合《おにゆり》〟の仲間になっていたのでしょう」

と断言し、

「片棒を担いでいたのは千龍に違いありませんね」

さらに突き進む津川に、

「いや、そうではないでしょう。千龍姐さんなら、あれだけ清右衛門さんが惚れ込んでくれているんですから、何も遊太とづるまなくても、我が儘いっぱいに金品をねだれるはずですよ」

と円朝が言うと、

「千龍には番屋で会いました。たしかに、あれほどの器量の女がよりによって、落ち目の噺家に惚れ込むとは思えませんな」

津川はやっと納得した。

遊太は日記を遺していた。ぱらぱらとめくっていた津川は、

「何だ、愚痴《ぐち》ばかりで、盗みのことは何も書いてないじゃないか」

と言い、円朝の方に押しやった。たしかに愚痴には違いなかったが、

恵比寿屋のご隠居の前でやる〃疝気の虫〃なぞ、芸でも何でもない。俺の〃疝気の虫〃は柳橋師匠に毒虫と言われたけど、ご隠居は毒虫でも何でもかまわねえんだ。男の一物を長々と語れば喜ぶ。俺の真骨頂だと褒めてくれ、俺たちのことだと信じているお小夜は知らぬが仏だが、〃お直し〃に至っては、濡れ場を繰り返し聴きたいだけのことだ。お大尽相手の座敷噺なんて、ようはあぶな絵を噺しているだけのことなんだ。

とあり、
こんな俺と今をときめく円朝、言ってみれば、座敷芸と高座の間に、いってえどんだ

けの違いがあるというのか。僅《わず》かな違いが大きな違いということなのか——

と続いていた。

——他のお宝同様、太閤殿下の茶入れは高値で売れる。〝鬼百合〟の一味になっているのなら、それも一緒に持って逃げればいいものを、わざわざあたしの袖に入れて、盗っ人に仕立てようとしたのは、遊太はあたしを心から憎みきっていたのだ——

見知った相手の心に宿る憎しみの冷たさ、恐ろしさにぞっとして、円朝は思わず身震いが出た。

それから二日が経って、津川が円朝の家に立ち寄った。

「菖蒲《しょうぶ》の花が色づいてきましたね」

津川はまずは縁先を褒めて、

「清右衛門宅の池から大高麗茶碗が出てきました。師匠のおっしゃった通りでしたよ」

「それはよかったです」

「遊太がねんごろになって、仲間に引き入れていた相手がわかりました。小女のおうたでした」

律儀《りちぎ》に顚末《てんまつ》の報告をはじめた。

「やはり、そうでしたか」

「おうたは何もかも白状しましたよ。あの夜、千龍がお客に見せたお宝を清右衛門の言いつけで、いつものように部屋の箪笥《たんす》に戻すのを見澄まして、盗んだのだそうです。そして隙をみて遊太に渡す手はずだったのです。ですが、なぜ、茶入れに張り子の糊が付いたのか——」

津川は困惑顔である。

「すり替える張り子の香箱を片手に持っていた遊太は、せっかくのお宝を落として割っては元も子もないと、用心したのでしょう、まずは、張り子の香箱を片手に持ったまま、茶碗をそばの池の中に沈めたのですよ。その後、濡れた手で張り子の香箱をおうたに渡し、あたしの袖に入れると決めていた茶入れをおうたから受け取り、懐にでも収めたのでしょう。あの夜、遊太はたぶん、酔ったふりをしていただけで、本当に酔っていたのはあたしの方でしたから、介抱《かいほう》しているとあたしに思わせて、恵比寿屋さんからの帰り道、あたしの袖に投げ入れたのでしょう。茶入れは小さなものですが、片袖に入っていれば多少の重みで気づくものです。遊太を送り届けると、ほっとしたのか、あたしも急に酔いがまわってきて、とうとう気付かずじまいでした。宴席で千龍姐さんが見たというのは見間違いですよ」

「灯籠《とうろう》の後ろに、大高麗茶碗が納められていた箱と茶入れが納められていた箱、大きな香箱と小箱が七つありました。これで盗まれたお宝は全て戻りました」

津川の口からは真珠、翡翠、珊瑚、小箱の数だけあるはずの、黄金よりも高価な玉の話は出なかった。おそらく、遊太を殺した〝鬼百合〟の仲間が持ち去ったのだろう。もっとも、ご禁制の品のことゆえ、円朝はこの事実を津川には洩らさなかった。

お解き放ちになってまだ日の浅い千龍が、詫《わ》びと礼を兼ねて訪れたのは、その翌日のことである。

栄朝は、

「師匠の袖の中に盗まれた茶入れを見たなんて、見間違いを言いだしたのはあの女《ひと》なんですからね。いくら自分が疑いをかけられて、何とか助かりたいからって、ひどすぎます。師匠が盗っ人に行き着かなきゃ、今頃、どんなことになっていたか――。とっくに首が飛んでたか、小伝馬町の牢の中で虐《いじ》め殺されてたかもしれないんですよ。〝船橋屋《ふなばしや》〟の煉羊羹《ねりようかん》を、いくら大箱で持ってきたからといって、師匠、誤魔化されちゃいけません」

腹に据えかねている。しかし、顔を見せた千龍は詫びも礼もけろりと忘れて、

「この件じゃ、師匠も大変でしたねえ。いえ、ちょいと前に、師匠と親しい柳橋師匠のお座敷に呼ばれてまして、盗っ人呼ばわりされたあたしをねぎらってくれたんですが、その時に師匠のお話が出たんです。ずいぶん、盗っ人の一味だったあの遊太を気にかけておいでだったとか。柳橋師匠は『それにしても遊太はひどい奴だ。遊太に情けをかけてやっても、これじゃあ、人に情けをかければ後々己にいいことになって返ってくる〝情けは人のためならず〟じゃなく、〝情けは人のためならぬ〟、情けをかけるのはその当人のためにならない、になっちまう、〝佃祭《つくだまつり》〟のサゲにしかならないが笑えない、世も末だ。円朝もち

っとは薄情になっていい』っておっしゃってました」

　話したい話だけして帰って行った。

〝佃祭〟は、ふとめぐりあった人の好意で、転覆する船に乗らずに九死に一生を得たという話を聞いた男が、他人に情けをかけると自分のためになると信じて、橋の上で佇《たたず》む暗い顔の女を身投げと間違えるが、実は歯痛で苦しんでいて、願を掛けていただけだとわかるという噺である。サゲは勘違いの笑いだが、〝情け〟は大事なものだという教訓が、野暮ったい田園風景のようではあっても、のどかですがすがしく貫かれていた。

　千龍の長唄で鍛えた声は大きく、栄朝にまで聞こえていた。

「たしかに柳橋師匠の言う通り、師匠の〝情け〟のかけ過ぎは笑えないサゲだな」

　顔をしかめて千龍を見送った栄朝は一人呟いた。実は栄朝は円朝から遊太の日記を見せられていたのだ。この時、円朝は無言だった。以来、栄朝は円朝の前で遊太の話を控えていたのである。

　――少しの情けも相手に通じないというのは、きっと誰でも辛いことだ――

　それからしばらくして、尺取り虫と分け合った胡瓜が実をつけはじめ、円朝が栄朝に〝疝気の虫〟の稽古をつけてやっていると、〝波留家〟の良吉が訪れた。

「従妹のお小夜のことできました。本当に師匠にはお世話になりました。遊太があんなことになったので、手元に置いているとはいえ、一時はどうにかなってしまうのではないかと、おっかさんも俺も案じました。ところがどうでしょう、憑きものが落ちたというのはこのことかと思うほど、綺麗さっぱり、今までのことは忘れ、仲居たちに混じって骨身を惜しまず、働いてくれています。以前は我が儘が目につきましたが、今では苦労が身に沁《し》みたのか、どんなにきつい時でも、不平一つ洩らしません。遊太が〝鬼百合〟の一味で、持ち前の手管《てくだ》で恵比寿屋の小女おうたに熱を上げさせ、まんまと仲間にしていたのはいいが、結局は因果応報《いんがおうほう》、仲間割れで殺された顛末がよほどこたえたのでしょう。お小夜は、いずれ、生まれ育った〝喜久家〟を再建して、両親の墓前に報告したいとさえ申しております。ついては、助けてくだすった師匠にお礼を申し上げたいのだが、自分から言うのは、〝喜久家〟を立派に再建してからにしたいとのことなので、ずっと先のことになりそうです。それで、まずは俺がこうしてきたのです」

良吉が礼はまた改めてと言い、手土産《てみやげ》の餡《あん》のかかった白玉を置いて行った。

「師匠、好物でしたね」

栄朝は、早速いそいそと茶を淹れてきた。

「煉羊羹よりも餡白玉の方がお好きでしたよね」

「栄朝の虫は立ち聞きの虫だな。それとも餡白玉の虫か」

円朝は苦笑いした。餡白玉が大好物なのは栄朝の方であった。

「だから、存分に食べなさい」

円朝は茶だけ飲んで、自分の分も栄朝に勧めた。

「それでは」

栄朝は円朝の皿に箸を伸ばし、

「師匠、これで柳橋師匠に安心して頂けますよ。お小夜さんを助けたのは師匠なんですから。師匠の助けがなかったら、お小夜さんは今頃、遊太の後追いでもしていたかもしれませんよ。だから、やっぱり、〝佃祭〟といえば、〝情けは人のためならず〟でいいんです。柳橋師匠の言うことなんか、気にすることはありません。師匠はそのまんまでいいんですよ」

と餡白玉をほおばりながら言った。

一方、円朝は〝お直し〟だけは生涯演るまいと心に決めていた。人生をやり直そうとしているお小夜のために、それが自分にできる、せめてもの餞《はなむけ》のように思えたからである。

そして、また、

――遊太の打ち明けてくれた布団屋の親戚の話、あれだけはせめて真実《まこと》であってほしい――

と円朝は願った。

第三話　黄金《こがね》往生

一

五月は端午《たんご》の節句で始まる。連ねた小屋で甲冑《かっちゅう》、兜《かぶと》、武将の人形などが売られているのは例年のことだが、いい日和《ひより》が続いていたとあって、〝しやうぶやーしやうぶやー〟と往来を歩く菖蒲《しょうぶ》売りの声がことさらかしましく聞こえていた。

栄朝《えいちょう》は菖蒲に蓬《よもぎ》を添えて軒先にぶらさげた。火事に見舞われないための祈願であった。

その後、しとしとと雨の日ばかりの五月中旬、やっと雨が止《や》んだ梅雨《つゆ》の合間、菖蒲と一緒にもとめてあったオケラの根を焚《た》き、火の中に放《ほう》り込んだ。オケラはその煙が梅雨ならではの悪疫《あくえき》を退けるとされていたからである。

円朝《えんちょう》はカラタチの垣根の前に立っていた。

「よくよく気になるんですね」

円朝はカラタチの茎や葉裏を見ていた。

「師匠が虫にまで慈しみ深いのはわかってましたけど、こんなに執心するほど青虫が好きだなんて知りませんでした」

円朝が土の上に転がっていた青虫を指で摘《つま》んだのを見て、虫と名のつくものはどんなものでも苦手な栄朝は顔をしかめた。円朝は強い雨や風で振り落とされた青虫たちを、茎や葉に戻してやろうとしているのであった。目立つ土の上にいては、鳥についばまれてしまう。

「まあ、こいつらもアゲハになった時はびっくりするぐらい綺麗《きれい》ですけどね」

アゲハの幼虫はカラタチの葉を主食にしている。

「去年もその前も、ここでアゲハは育って、うるさいくらいここらを飛んでましたね」

円朝がアゲハの幼虫にここまで心配りをするのは、今年が初めてであった。

「どうしてなのか、自分でもわからないんだが、妙に気になってね」

円朝は、まだ青虫にもなっていない、白と黒のまだらな幼虫を手の指に這《は》わせた。

「蝶《ちょう》があれほど綺麗なのは、もしかして、元はこんな姿をしていたからじゃないか。蝶に心があったら、そっちはこの姿のままなんじゃないかと思ったりしてね」

「気味が悪いってことですか」

「そうじゃない、これもまた綺麗なものの宿命なんじゃないかと――」

「美人は性悪ってことですね」

「まあ、そんなところだが、綺麗なものの翳《かげ》りも、また一興だと面白く思っただけのことだよ」

そう口にした円朝は、面白いだけではなく、その翳りを愛《いと》おしんでもいるように見えた。

三遊亭円生《さんゆうていえんしょう》の娘お園《その》が訪れたのは、この日の昼下がりのことであった。

「晦日《みそか》にはまだ間がありますが」

応対に出た栄朝は声をひそめた。

法外な店賃を払った蔵の借家人が、〝鬼百合《おにゆり》〟の一味による森北屋《もりきたや》のお宝ねらいだったとわかって以来、円朝は自ら湯島まで足を運んで、おりんやお園の暮らし向きの足しにと金子を渡していた。使いに栄朝が行ったのでは、

「おっかさんは、いくら頼まれたって、一度、お返ししたものは受け取れないって。一度言いだしたら、きかない人ですから」

とお園が泣きそうな顔で応《こた》えるばかりで、おりんは決して受け取ろうとしなかった。円朝が出向いて初めて、

「まあ、おまえにまで足を運ばせたんでは仕方ありませんね。とりあえずは借りておきましょう」

やっと金子を納めてもらえたのだった。

「用意だけはしておいておくれ」

栄朝に頼んで円朝はお園と客間で向かい合った。

「おかみさんはお変わりありませんか」

円朝はお園と目を合わせると、温かく微笑《ほほえ》んだ。

お園はあわてて膝《ひざ》に置いた両手を上下に何度も、もぞもぞと所在なげに組み合わせた。咄嗟《とっさ》に円朝の目線から、荒れた自分の手を隠そうとしたのである。

「相変わらず我が儘《わがまま》ばかりです」

「おかみさんのは我が儘ではなく、持って生まれたご気性なのでしょう」

「でも、我が儘を言わなくなったら、もういけないのかもしれないと思って――」

「そうでしょうね」

「でも、あんまりなことも――」

お園は言葉を詰まらせた。

「何かあったのですか」

「このところ、無理が過ぎることばかり言うのです。鯉《こい》が嫌だなんて――」

「池の鯉は亡くなった師匠がお好きだったものですね」

「おとっつあんが死んで、あんなに元気だった池の鯉たちも、ちゃんと餌をやっているというのに、次々に、白いお腹《なか》を水の上に浮かべるようになって、昨年の師走《しわす》にとうとう死に絶えてしまいました」

「そういえば、先月、そちらへ伺《うかが》った折、鯉の跳ねる音が聞こえませんでしたね」

円生が鯉を好きだったのは、優美な姿形もさることながら、しんと静まりかえった庭から、〝とぽん〟と鯉が跳ねて立てる音を、さえずる鳥とはまた違った、生き物が奏でる美しい音の一つとして、ことさら愛《め》でたのであった。

「あの〝とぽん〟ときたら、まるで、噺《はなし》のサゲそのものじゃないか」

そう言って、円生は池に向かって、よく耳を澄ませていたものであった。

「おかみさんは鯉がお嫌いだったんですね」

愛でてくれた主《あるじ》が死んだのが物言わぬ鯉たちにも通じたのかもしれないと、円朝は感慨深かった。

「そうでもなかったんですよ。おっかさん、おとっつあんと一緒にいて、あの〝とぽん〟が聞こえてくると、珍しくよく笑いましたもの。嫌うようになったのは、つい十日ほど前からのことです」

「でも、もう、池の鯉は死に絶えてるのでしょう」

「鯉の跳ねる音がしないことに気がついたお隣りさんが、寂しいだろうからと、おっかさんのお見舞いに、見事な錦鯉《にしきごい》を二匹くだすったんです」

「お隣りさんというと森北屋さんですね」

「ええ。若旦那《わかだんな》の正太郎《しょうたろう》さんのお使いで、番頭の宗吉《そうきち》さんがいらっしゃいました。盥《たらい》の鯉は池に放すとそれはそれは元気に跳ね、あのなつかしい〝とぽん〟を聞かせてくれたんです」

「おかみさんはその〝とぽん〟が急に嫌になったんですね」

「鯉が死に始めていた頃は、おとっつあんの形見みたいな〝とぽん〟が聞かれなくなったら、こんなに寂しいことはない、なんて言っていたのに、今度はあの音が耳についてたまらないから、森北屋さんに返すようにだなんて、もしかして、おっかさん――」

　お園はまた言葉を詰まらせて、

「もう、長くないんじゃないかと――」

　潤んだ目から涙を溢《あふ》れさせた。

「そんなことはありませんよ」

　円朝はやや声の調子を上げた。

「〝とぽん〟が師匠の形見だとしたら、たしかに、それはおかみさんを冥途《めいど》に呼ぶ音なのかもしれません。師匠は冥途で一人、寂しい思いをしておいででしょうから。けれど、おかみさんは遺《のこ》していくことになるお園ちゃんを案じていて、まだ冥途には行けないと思い詰めているはずです。それで、〝とぽん〟が嫌だとおっしゃっているんですよ」

「そうなのでしょうか」

「ええ」

　円朝はお園を安心させたくて、大きくうなずいた。

「もしかして、それであたしをここへ――」

「忘れていました。おかみさんからのお使いでしたね」

「おっかさん、師匠にお話があるそうなんです。できれば、晦日を待たずに、すぐにおいでいただけないかと言っています」

「わかりました。今日はこれから高座《こうざ》があるので、明日の昼前には伺うことにします」

お園を見送った栄朝は、

「それにしても母親似の別嬪《べっぴん》ですねえ」

円朝に替えの茶を運んできて言った。

円朝は黙って茶を飲んでいる。

「その母親が師匠に話だなんて、いったい何の話なんでしょうね」

「また得意の立ち聞きか」

円朝は苦笑した。

「観音菩薩《かんのんぼさつ》を拝んでいたくて、つい――」

栄朝は顔を赤くして、

「あんな別嬪なら嫁の口は降るほどあるでしょうね」

ため息をついた。

「栄朝も名乗りを上げてみたらどうだい」

「とんでもない」

栄朝の顔はますます赤く染まった。

「第一、師匠が所帯を持っていないのに、弟子が先なんていけませんよ」

「あたしは気にしていないよ」

「師匠が気にしなくても、世間様のそしりを受けます」

「まあ、それなら仕方がないな」

「それより、師匠こそ名乗りを上げたらいかがです。それなら世間は大喝采《だいかっさい》ですよ。当世きっての人気噺家《はなしか》三遊亭円朝が、円生師匠の娘を嫁にして、三遊亭円生の名跡《みょうせき》を継ぐ。しごく順当な成り行きですよ。みんな、なるほどと納得するだけです。名跡欲しさに師匠が世話をしてきたなんてことを言いだす輩《やから》がいても、今や誰も耳なんぞ貸しやしません。遊太《ゆう》兄《たあに》さんが師匠を嵌《は》めようとして我が身に返り、あんな末路を遂げてからはなおさらです。師匠が高座を掛け持ち、どんだけ骨身を削って、円生師匠と家族の世話をしてきたかを、みんな知ってますからね。もしかして、おかみさんのお話というのは、それかもしれませんよ」

二

思いがけない栄朝の指摘に驚いて、円朝はしばし言葉をつぐんだ。

「ご自分でそう思ったこと、なかったんですか」

栄朝は意外そうな顔になった。

「ああ」

打った相づちはため息に似ていた。

「お園ちゃんは師匠のお嬢さんだとばかり――、それだけで――」

「でも、見ての通り、もう立派な嫁入り前の娘ですよ」

「そうだな」

「お園さんだって、満更でないように見えましたね。師匠を見る目、女の目でしたよ」

「しかし」

「困るんですか」

「困りはしないが」

その実、円朝は当惑そのものといった表情をしている。

「じゃあ、きっとそうなりますよ」

栄朝は確信ありげに言った。

翌日、円朝は湯島へと向かった。昼は好物のあられ蕎麦《そば》を屋台でたぐってすまし、大家の源三《げんぞう》が主に化けて殺されていた甘酒屋〝巴《ともえ》〟の前を通ってみたが、すでに店は畳まれていた。骸《むくろ》が転がっていた上、幽霊騒動が盗賊たちの一芝居とわかった今では、客が寄りつくはずもなかった。

家主《いえぬし》が鷹揚《おうよう》なことをいいことに、大家だった元〝鬼百合〟一味の源三が好き勝手にしていた貸家は円生の家を残してがらんとしたままで、人気《ひとけ》があるのは貸家ではない森北屋だけであった。

円朝が円生の家の前に立つとばしゃばしゃと水の音が聞こえてきた。庭の池の外と中に、〝森北屋〟と染め抜かれた半纏《はんてん》を着た二人の男がいた。池の中にいる若者は尻端《しりつぱし》折りをして、攩網《たもあみ》の柄を握っている。お園も一緒だった。

「まあ、師匠、ほんとにいらしていただけたんですね」

お園はすぐに、黒目がちの大きな目を潤ませかけたが、

「おっかさんがあんまり鯉の跳ねる音が気になるというんで、ここにいる番頭の宗吉さんに理由《わけ》を話して、お返しすることにしたんです」

申しわけなさそうにその目を伏せた。

「大きな音をたてるんじゃない」

宗吉が中年者らしい錆《さび》のきいた声で、池の中で攩網を振りまわしている、小僧の三太《さんた》をたしなめると、

「へい」

三太は首をすくめた。

「ちっとは静かにできないもんか。おまえの在所はたしか漁師のはずだぞ」

「そうはいっても、鯉が早いんですよ。漁師は池じゃ漁をしないし、海の魚はおっとりしたもんなんです」

三太が高い声で言い訳した。

「まあ、なるべく、おかみさんの病に障らないようにやってくれ」

「すみません。慣れないもんで」

二人が言い合って、ばしゃばしゃという音が続いた後、一尾、二尾と攩網に入った緋鯉が、用意してあった大きな盥の中に収まった。

「さて、やっと終わったか」

宗吉はほっとため息をついた。むしむしする季節柄、池の中で悪戦苦闘していた三太は言うに及ばず、宗吉の額《ひたい》からも玉の汗が噴き出している。

「すみません。ほんとうにすみません。ご苦労をおかけしました」

お園は何度も頭を下げて、二人が盥を運んで行くのを見送った。その後はアメンボウが漂い、時折、水草の上に小さなヒキガエルが止まるだけの、鯉のいなくなった緑色の水面をじっと見つめて、

「寂しくなるけど、これであの鯉たちも、おっかさんに恨まれずにすむわ」

呟《つぶや》くようにぽつりと言った。

おりんは円朝を待ち兼ねていた。栄朝に代わって、円朝が訪れるようになってから、お園に手伝わせて朝早くからはじめるおりんの身仕舞いは、寸分の隙《すき》もないものになっている。椿油《つばきあぶら》をたっぷり使って艶《つや》やかに結い上げた若作りの島田の髷《まげ》に、平打簪《ひらうちかんざし》をすっきりと挿し、生前、円生が惜しみなく買い与えた、高価な夏着の絽《ろ》や麻の単衣《ひとえ》を、柳腰《やなぎごし》が引き立つようきりりと帯を締めて着こなしていた。そばに敷かれた布団《ふとん》や夜着さえなければ、とうてい病人には見えない。

「おっかさん、あんな身体《からだ》で水浴びしたいなんて無茶なことを言って——。お医者様は身体に響くから、水浴びはだめだと言うのに——。江戸の美人は江戸の水で磨かれた玉の素肌に、薄化粧が身上《しんじょう》だってきかないんですよ。だから、熱でも出たらって、あたし、冷や冷やしながら、毎日おっかさんの背中を流してるんです」

　五月にもなって、お園の手が赤く荒れているのは、おりんの水浴びのたびに湯を沸かし、盥に張った熱い湯に手をつけつつ、井戸の冷たすぎる水を少しずつ足していく際に、日々軽い火傷《やけど》を繰り返しているせいであった。

　――この美しさはお園ちゃんのあの可哀想《かわいそう》な手で守られているのか――

　円朝は何とも複雑な思いでおりんの白い顔容《かおかたち》と、やや熱を帯びたように見える瞳に見惚《みと》れた。

「今日はね、師匠、お願い事があって来てもらったんだよ」

　おりんはよく来てくれたと礼も言わず、本題に入った。

「あたしでお役に立つことならば」

　すでに円朝は気押《けお》されていた。

「おまえでなきゃ、この役には立たないんだよ」

　おりんはきっぱりと言い切った。

「おまえにお園を嫁に貰《もら》ってやってほしいんだよ。見ての通り、あたしゃもうそう長かあない。お園の行く末を見届けてから、三途《さんず》の川を渡り、先に逝って待っているうちの人に報《しら》せてやりたいと思ってんだよ。生《な》さぬ仲なのに可愛《かわい》がってくれたからね」

　栄朝に言われて、心のどこかで覚悟していたせいか、円朝はそれほど動揺しなかった。

「お嬢さん、お園ちゃんは承知のことですか」

「嫌だというのかい」

潤んでいるように見えたおりんの瞳が凍りついた。

「嫌だというわけでは。ただ、お園ちゃんが望んだことでないと、あたしは受けることができません」

「あたしが望むことは、あの子が望むことですよ」

「それはおかみさん、違いますよ」

「どう違うっていうんだい」

円朝を見据えるおりんの目も端麗《たんれい》な顔の表情も、凄《すご》みを帯びた美しさに変わった。

「三遊亭の門下で一番人気のおまえが、まがりなりにも円生の娘であるお園を貰って大名跡を継ぐ。そうしてくれれば、三遊亭の行く末を案じて死んだうちの人が、草葉《くさば》の陰でどれほど喜ぶことか――」

「そのようにおっしゃっていただくのは嬉《うれ》しいことですが」

円朝はたじろいだ。

「じゃあ、何が不満なんだい」

「不満とかそういうことでは――。お園ちゃんの気持ちが――これでは、押しつけでは――」

「お園の気持ちならもう固まっていますよ。何ならお園を呼んで訊《き》いてみましょう」

おりんは「お園、お園」と声を張り上げた。

「何してるの、お園、早くおいで、早く」

興奮したおりんは前屈《まえかが》みになって、ごほごほと重い咳《せき》を続けた。

「大丈夫《だいじょうぶ》ですか、おかみさん」

そばに寄って、円朝が背中をさすると、おりんはうっとりと目を閉じて、

「ああ、何って、いい気持ちだろう」

ふと洩《も》らした。

「おっかさん」

襖《ふすま》を開けて、部屋に入ってきたお園は両手でギヤマンの金魚鉢を抱え持っている。

「お園、それは何？」

咳が止んだおりんは、円朝のさすっている手から、自分の身体を引き離すと、しゃきっと背中を伸ばしてお園を見据えた。

「あの、これは森北屋さんからのお見舞いです」

お園はおどおどと金魚鉢を抱えて座った。

「また、そんなもの――」

おりんは仇《かたき》でも見るかのように金魚鉢を睨《にら》んだ。

「鯉は跳ねる音がするだろうけど、金魚なら静かで慰めになるだろうからって、若旦那の正太郎さんがくだすったんです」

「返しておいで」

おりんは眉《まゆ》を吊《つ》り上げたが、その様子もまた険《けん》のある美しさだった。

「でも、もう、そんなことは――、いくら何でもそこまでは――」

お園は金魚鉢を抱きかかえて、ぽろぽろと涙をこぼした。

「そうですよ、おかみさん。せっかくのお見舞いの品じゃありませんか。鯉を返した上に金魚までとなると、お隣りさんのことです、あとあと按配《あんばい》が悪くなりますよ。どうか、ここはこらえてください。それに金魚なら、たしかに向こうさんがおっしゃるように、静かなもんじゃありませんか」

しかし、
円朝は必死に説得した。

「なら、勝手にするがいい。あたしゃ鯉も金魚も、元気に生きてるものは何でも嫌なんだよ」

おりんはぷいと横を向いてしまった。

三

浅草の家に戻って、円朝がこの話をすると、

「やっぱりね、あたしの思った通りでござんしたでしょう。こう見えても、下衆《げす》の勘繰《かんぐ》りっていう、でかい虫を飼ってるんですから」

栄朝は得意げに言った。

「あの我が儘なおかみさんなら言いかねない、やりかねないことなんでしょうけど、お園

ちゃんは可哀想ですね。お園ちゃんは鯉や金魚なんぞの生き物が好きなんですよ。師匠もそうでしょ。きっと二人はいい相性ですよ」

「いい相性か――」

「まんざらでもない。師匠もそう思えてきたんでござんすよね」

栄朝の口調は浮かれている。

「いや、ふと思いついたことがあって――」

「そうじゃないんで？」

「まあ、それは今、どうかなる話ではないから――」

「そうですかねえ」

何のことかよくわからない、不満そうな栄朝を尻目に、

「さてさて、この夏にはおまえも〝疝気《せんき》の虫〟を高座に上げるんだったな。そのためには、おまえの下衆の勘繰りの虫にも、ちっとは疝気を起こしてもらわなければ――。稽古《けいこ》、稽古」

円朝は立ち上がった。

噺好きの同心津川亀之介《つがわかめのすけ》が円朝を訪れたのは、五月も末にかかった頃のことであった。はじめのうちの少なかった雨を補うかのように、このところ毎日、雨が降り続いていた。

それにしても、今日の雨は雨足が速く、ざあざあと音を立てている。

「本日は虎《とら》が雨でしたな」

「そういえば今日は曾我《そが》兄弟の命日ですね」

虎が雨とは遊女虎御前《とらごぜん》の涙であった。源《みなもとの》頼朝《よりとも》の治世、富士の裾野《すその》で曾我兄弟が父の仇を討ったものの、追っ手と戦って討ち死にした五月二十八日、兄の十郎祐成《すけなり》と将来を契《ちぎ》った大磯の遊女虎御前が流した涙だと伝えられている。以来、この日ばかりは大雨が降るとされてきた。

津川は懐からお札《ふだ》のようなものを出し、迎えた円朝に渡した。

「変わり映えもなく、いつもの厄除《やくよ》けの札ですが」

「これはご丁寧《ていねい》に」

毎年、この時期、津川は芝《しば》の〝飯倉《いいくら》神明宮〟から疫病《やくびょう》除けの守り札を頂いて届けてくれるのであった。

早速円朝は栄朝を呼ぶと、

「今すぐ、葱《ねぎ》をもとめてきて、一緒に人から見える場所に貼《は》りなさい」

とその守り札を手渡した。

「今時分、誰も風邪になんぞ罹《かか》りやしませんよ」

津川とそりが合わない栄朝はぶすっとした顔で言った。〝飯倉神明宮〟の守り札は風邪予防に効験があるとされていた。

「夏風邪は怖い。それに今は罹らなくとも、翌年の春先には何人も命を落とす、性質《たち》の悪い風邪が流行《はや》る。八丈の源鎮西《ちんぜい》八郎為朝《ためとも》なんぞの札よりもこっちが効く。おかげであたしは何年も風邪知らずだ」

虫除けにはそれほど関心のない円朝だったが、風邪除けとなると熱心だった。源鎮西八郎為朝は平安末期の勇将で、八面六臂《はちめんろっぴ》の戦いぶりもさることながら、流された先の八丈島で島民たちが疫病に罹らなかったことから、疫病除けの神として崇《あが》められてきている。

「声は噺家の命。声がやられる風邪は大敵だ」

というのが円朝の口癖である。

栄朝は津川に茶を出すと八百屋へと使いに出た。

円朝は茶に手を付けずにいる津川が、常になく沈みこんでいるのに気がついた。じっとうつむき加減でいるその目は暗い。

「何か心に案じられることでもあるのですか」

「そんなことは――」

はっと津川は顔を上げた。

「それならいいんですよ」

円朝は微笑んだ。

「実は――そうでもないんです」

津川は思い詰めた表情になっている。

「寄り道が好きな栄朝はしばらく戻らないと思いますよ。よかったら、あたしに聞かせていただけませんか。その方が、多少なりとも、お気持ちが明るくなるかと――」

「そうですね、そうかもしれません」

津川はうなずき、

「三日前、岡っ引きの辰吉《たつきち》が死にました」

と言って唇《くちびる》を震わせた。辰吉は同心である津川のお手先であった。

「死んでいるのを見つけたのはわたしです。死ぬ前の日、折り入って話があるというんで、番屋で待っていたんですが、辰吉はなかなか現れず、これはきっとしばらく断っていた酒でも飲んで潰《つぶ》れたのかと、痺《しび》れを切らして、米沢町の庄助《しょうすけ》長屋へ立ち寄ってみたんです。辰吉は布団の上で丸くなっていて、呼びかけても起きず、胸騒ぎがして夜着を剝《は》いでみると、胸を匕首《あいくち》で抉《えぐ》って冷たくなっていました」

「覚悟のものだったんですね」

円朝は胸がしんと冷えるのを感じた。

「辰吉は懐にこれを入れていました」

津川は四つ折りにした紙を袖から出して広げた。

一行〝我は鬼の百合なり〟と書かれていた。

「ほかには何も？」

円朝の問いに津川は黙って首を横に振った。

「自害の上、〝我は鬼の百合なり〟と書かれたこの紙を持っていたとなると、辰吉は鬼百合一味の仲間になっていたとしか思えません」

津川は辛《つら》そうに目を伏せた。円朝は凶相《きょうそう》としかいいようのない、辰吉の怖面《こわもて》を目に浮かべた。たしかにあの顔は岡っ引きより悪党にふさわしいものではあったけれども——。

「辰吉が湯島の大家源三や遊太を殺したんですね」

円朝は言いしれぬ怒りを、もうこの世にはいないという辰吉に感じていた。

「岡っ引きならお上の威光を嵩《かさ》に着て、江戸市中《しちゅう》、どんな家の秘密も嗅《か》ぎ当てることができますから、大家の源三が〝鬼百合〟の一味だったことや、森北屋の蔵にあるという千両箱の話、恵比寿屋《えびすや》の隠居の宝自慢など、わけなく耳に入ったことでしょう。しかし、わたしとしたことが——、そばにいながら辰吉の悪事に気がつかなかったとは、全く不覚でした。お恥ずかしい限りです」

津川はうなだれ、

「奉行所内では、わたしが下手《へた》な落とし噺ばかりしているからだという、噂《うわさ》さえ立っています。にもかかわらず、足が向くのは師匠のところなんですから」

泣き笑いのような顔になった。

「ところで、津川様は辰吉とつきあってどれくらい？」

「もう、かれこれ七年。長いといえば長いですよ。辰吉はうわばみでね、とにかく飲むと止まらない。それで飲み屋の払いに追われ続けた挙《あ》げ句、とうとうビラ文字職人の親に勘当され、ごろつきの仲間に加わって身を持ち崩しかけていました。そんな辰吉とは飲み屋で知り合ったんですが、辰吉が酒代欲しさのかっぱらいでお縄になった時、こんなことをしていたら、いずれお天道様がまともに拝めなくなるからと、よくよく説教して、酒はわたしとだけ飲むことにしろと言い含め、目溢《こぼ》しして、手先で使うことにしたんです。辰吉はあんな面構えですが、骨身を惜しまない働き者で、いつしか親分といわれるまでになったんですよ。それなのに、こんなことをしでかすとは――馬鹿ですよ、あいつは本当に馬鹿野郎の極みです」

辰吉の話に円朝は遊太を思い出していた。人は皆、一度でも魂を汚すと、決してもう洗い清めることができないのだろうか。

「死んでいた辰吉は酒臭く、土間には酒の入った徳利や瓶が幾つも転がっていました。おおかた、また始めた酒で、恋女房に愛想をつかされ、自棄《やけ》になって、大家の源三や遊太と組んで一儲《ひともう》けしようと企んだんでしょう」

「しかし、津川様、森北屋から千両箱を奪うために幽霊騒動を起こした大家や、恵比寿屋のお宝を奪う片棒を担がせた遊太の口を封じるなんぞは、自棄になってやったにしては、かなり奸智《かんち》に長《た》けた手口ですよ」

円朝の頭の中に辰吉の凶相がちらついている。たしかに、あの凶相そのものの冷酷なやり方ではあった。だが、どうしようもない大酒飲みが津川の説得で岡っ引きになったという事情を聞くと、御《ぎょ》された暴れ馬か、飼い主にはごろりと横になって腹を見せる番犬のようでもあって、口封じのための殺しの巧妙さとはかけ離れて感じられた。

「おそらく、一連の首謀は大家の源三だったに違いないとわたしは睨んでいます。何と言っても、元は〝鬼百合〟の仲間だったんですからね。当初は、源三が幽霊騒動を起こした後、遊太が円生師匠の家の蔵を掘って、首尾よく千両箱をいただく手はずだったのでしょう。〝鬼百合〟らしく、人を殺《あや》めるつもりはなかったのですよ。ところが、悪事が発覚しそうになると源三と辰吉の間で仲間割れになった。源三が何とかしろ、出来なければ、何もかもお上にぶちまけるぞと、辰吉に脅しをかけたのではないかと思います。元盗賊の源三と辰吉とでは性根《しょうね》の据わり具合が違いますし、辰吉には失うものがありすぎましたから。何しろ、辰吉は好いた女と所帯を持ってまだ一年か、そこらですからね。酒が理由で、多少は女房に愛想をつかされていたかもしれませんが、岡っ引きは役得がありますから、娑《しゃ》婆《ば》にはいろいろ未練はあったはずです」

「たしかに、十両盗めば首がとびますからね」

「ですから、辰吉は出来心を悔いる一方、必死で自分の身を守ろうと、源三の口を封じたのだと思います」

四

「遊太の時はどうだったんでしょうね」

円朝は恵比寿屋の隠居清右衛門《せいえもん》が見せてくれた、極上のお宝、真珠、翡翠《ひすい》、珊瑚《さんご》の輝きを忘れていなかった。辰吉が遊太と共謀して小箱の中の玉を盗んだのだとしたら、十個の玉はどこへいったのだろうか。

――ご禁制の玉ゆえ、おそらくご隠居は奉行所に届けたくても届けられないのだろう。津川様の口からは玉の話が出ない。ほんとうに何もご存じないのだ。辰吉が〝鬼百合〟や遊太の仲間だったのならば、あの玉の数々が辰吉のところにないということはないのだが――

「遊太は茶碗《ちゃわん》を、とりあえず恵比寿屋さんの池に沈め、頃合いを計って引き揚げるつもりだったのでしょう。そして、あたしを嵌めるつもりで、いったん自分の袖《そで》に茶入れを入れると、もう片方の袖には三つしか小箱が入らなかったのでしょう。しかし、辰吉はなぜ骨《こっ》董《とう》屋へ持っていけば金になるあの小箱を、殺した遊太のところに放り出して置いたのでしょうか」

「金が使われていない小箱は、一見したところ、凝った細工はあるが古いだけのものです。辰吉には小箱の価値がわからなかったのでしょう。それで、金の塊か何かの、お宝はきっと中に入っているはずだと思い込んで、小箱を開けてはみたものの、何もないので、ああして放り出しておいたのだと思います。辰吉が遊太を殺したのは、小箱の中に何もないとわかって、それでもこれがお宝だと言い張る遊太に腹が立って、言い合いとなり、かっとなった辰吉が匕首を抜いたのですよ」

津川の説明は的《まと》を半分しか射《い》ていない。

――お宝の分け前をめぐって、仲間割れはしたろうが、小箱の中身がなかったはずはない。おそらく辰吉は、小箱の中に入っていた玉の類《たぐい》を、力づくで遊太から奪って、独り占めするつもりだったのだろう――

「せめてもの救いは、死ぬ前の日、辰吉がわたしに話したいと言っていたことです。辰吉は悔いていて、自分の犯した罪の深さに戦《おのの》き、償いたいという気持ちがあったのだと思います。その前に自ら死を選んだのは、お縄を掛けられ、牢《ろう》暮らしの末、お白州《しらす》に引き出されてお裁きを受けるのは、どうにも惨《みじ》めでたまらなかったのでしょう。辰吉の気持ちはよくわかります。後先を考えると辰吉にはああするしかなく、あれでよかったと思うしかありません」

津川は、こらえきれなくなって、涙を溢れさせた。

津川が暇《いとま》を告げて帰った後、

「師匠、大変なことになりましたね」

廊下で立ち聞きをしていた栄朝が襖を開けた。栄朝の顔は蒼白である。

「辰吉とおまえは親しかったんだったな」

「親しいってほどじゃありませんが、気さくで飾らず、人を疑わない、いい人でしたからね。師匠のために蓬屋《よもぎや》の金鍔《きんつば》を買いに行ってって、顔見知りになったんですよ。辰吉さんが十個も金鍔を買ってむしゃむしゃ食べ始めたので、『ずいぶん甘いものが好きなんですね』と、わたしが思わず声を掛けてしまったのがはじまりです。あんな風に、人目も気にせず食べていなければ、声は掛けられませんでしたよ。何しろ怖い顔ですからね。でも、辰吉さんは酒で失敗を重ね、今は酒断ちをする代わりに菓子を食べることにしているんだと、笑って話してくれました。笑ってても、あの顔はやっぱり怖かったですけどね」

辰吉を思いだした栄朝は、感極まったのか、泣き笑いでくしゃくしゃに顔を歪《ゆが》めた。

「蓬屋には、辰吉さんの女房になる前のおちえさんもよく買いに来てました。綺麗だがいい年増《としま》のおちえさんは、古着の繕いをして、病気のおっかさんのめんどうを看《み》ていたんです。金鍔はそのおっかさんの好物だったんですよ。辰吉さんの方はからっきしでしたが、おちえさんは噺が大好きでね、中でも唯生《ゆいしょう》師匠の人情噺は何遍でも聴きたいって、言ってました。きっとおちえさんと話を合わせたかったんでしょうね。ある日、辰吉さんに往来でばったり会ったんですよ。おちえさんと一緒に寄席へ唯生師匠を聴きに行った帰りだとかで。いつのまにか、二人で出歩くようになってたんですね。所帯を持つまでずいぶんかかったのは、おちえさんの病気のおっかさんを看取ってからにしたいってえ親孝行に、辰吉さんがつきあったからですよ。普通の男だったら、ほかに女房持ちの男がいて、世話でも受けてるんじゃないかって、よけいな気を回すところです。ですから、男の中の男ですよ、辰吉さんは――。その辰吉さんに限って、盗みとか、人を殺めるとか、そんなことするはずがありません。断じてあたしは信じません」

栄朝の話を聞いた円朝は、うーむと腕組みをした。

「あのね、栄朝、辰吉が〝鬼百合〟とどう関《かか》わっていたのか、まだわからないが、津川様に見せて頂いた紙に書いてあった〝我は鬼の百合なり〟という文字は、辰吉の書いたものとは思えないんだよ。死を覚悟した人間は、あんな気取ったことを書くもんだろうか」

「すると辰吉さんは――」

「このような細工をしたのは、本物の〝鬼百合〟が、辰吉を殺してすべての罪を着せ、逃げのびるためだったのかもしれない」

「だったら、師匠、早くこのことを津川様に――」

「といっても、当て推量にすぎないよ」

　円朝は腕を組んだままである。

「そんなことしてるうちに、極悪人は逃げてしまいますよ」

　栄朝は気が気ではない。

「このままでは、辰吉さんの仇を討てなくなります」

　急《せ》かされた円朝は、

「ほかにも一つ、二つ、気にかかっていることがある。このことも含んで、今すぐ津川様に文《ふみ》をしたためるから、奉行所まで届けておくれ」

　文机《ふづくえ》の前に座った。


　栄朝は津川から返事の文を託されて戻ってきた。その文には、〝我は鬼の百合なり〟の手《て》跡の指摘はたしかにその通りかもしれないので、辰吉の傷の跡についても、自傷《じしょう》か否か、もう少し詳しく調べてみるつもりだと書かれていた。また、冥途の辰吉が〝鬼百合〟の仲間で地獄にいるのではなく、天上の蓮《はす》の葉の上にいると信じたいと書き添えられていた。

「津川様は傾ける耳をお持ちだ」

円朝はうなずき、

「これで、ちっとは津川様が好きになりましたよ。前は辰吉さんが、『いい人だ、助けられた、あの人がいなければ――』って、いくら褒《ほ》めちぎっても、今一つ胡散臭《うさんくさ》かったんですけど見直しました」

栄朝は小さく吐息をついた。

夕方近くになって、雨足はさらに速くなってきている。ざーっざーっという音がことさら大きく響く。

「今年はたいそうな虎が雨ですね、まるでおちえさんの涙みたいじゃないですか」

栄朝がぽつりと呟いた。

何日かして、円朝は両国での高座の楽屋で今昔亭《こんじやくてい》唯生と顔を合わせた。唯生は三遊亭門下で修業した後、〝今昔亭〟という新しい名跡を名乗っている。贔屓《ひいき》筋の支持も絶大で、自他ともに認める天才であった。

「円朝か、しばらくだな。柳橋《りゆうきよう》から話は聞いている。そろそろ声をかけようと思っていたところだった」

小柄な唯生は右目と左足が不自由な老人であった。だが渋みの勝ったその声は、雲一つない青い空のようによく通り、老若男女、侍から下男まで、どんな身分の者をも漸《はな》し分けることができた。

　この大名人にして、流派の垣根を越えてのご意見番、唯生は、麗々亭《れいれいてい》柳橋を通じて、円朝に三代目三遊亭円生襲名を打診してきていた。円朝が三代目三遊亭円生の名跡を継げば、麗々亭一門の押しも押されもせぬ好敵手となる。

「師匠、その話はまた後日ということにして、今日は折り入って、伺いたいことがあるんです」

「後日とはな」

　唯生は残念そうな腹立たしげな顔になった。

「名跡よりも大事なことか」

　唯生は見えない方の右目までぎょろりと剝《む》いた。

「はい」

「じゃあ、仕方がない、聞くとしよう」

　諦《あきら》めた唯生は座布団の上で目を閉じた。

五

「唯生師匠の人情噺には右に出る者がいませんが、あたしは中でも締めが好きでならないんです」

「ほう、それは珍しい」

唯生は見える方の目だけ開けた。

「あたしの人情噺は見事だが、締めが湿っぽい、からっと花がないのは惜しいと、若い時から言われてきたもんだ。もっとも、褒められるために噺すんじゃない、聴かすために噺すんだから、仲間うちにどう言われても平気の平座だが、同じ噺家に褒められたのは初めてだよ」

「人情噺の締めを、あっけらかんと明るく噺す噺家たちが多いんです。片や師匠のは何とも過ぎるほど神妙で、亭主の声までぐんと落として聴かせているんですよ。ある時など、泣いているように聞こえたこともありました。どうしてかとずっと気になっていたんです」

「理由《わけ》を訊いてどうする？」

唯生は険しい顔になった。

「言っとくが、この芸はあたしに限る。地味すぎておまえさんの役になど立たないよ」

「わかっております」

「じゃあ、何で訊くんだい」

「もしかすると、あの世で救われる人もいるかもしれないので」

そこで円朝は辰吉の死んだ経緯《いきさつ》を話した。

「よしよし、わかった。つまり、おまえさんはぴたりと酒を止めていた辰吉とやらが、恋女房まで貰ったというのに、なぜ、また酒を飲み始めたのか、理由を知りたいんだな。その理由があたしの人情噺の締めにあるってかい？」

唯生は円朝をじっと見据えた。

「あたしの思いを話してやってもいいが、わかりのいいおまえさんのことだ、もう、あらかた見当がついてるんじゃないのかい」

「師匠の人情噺の締めが深いのは、亭主がよくよく道楽に懲《こ》りて、もう金輪際《こんりんざい》、道楽はしまいと肝《きも》に銘じているからではないかと思うんです」

「なるほど、それで――」

唯生の見えている目がきらっと光った。

「亭主は道楽をちっとでも始めたら、女房と今の幸せが消えてなくなる、そう思えて怖がっている、師匠の締めを聴いているとそんな風に――。時に師匠の声が震えて聞こえることもあります」

「当たってるよ」

唯生は渋い顔でうなずいた。

「人にずばずば言い当てられるのは、情けないことだが仕様がない。あたしが下戸《げこ》で通ってることは知ってるね」

「はい」

「本当は下戸じゃない。かなりのものだ」

声をひそめた唯生は、向かいあっている円朝に近づくように手招きすると、

「酒を魔水とはよく言ったものさ、女遊びと同じで、一度止めたらふっつり断たないと、またぞろ、底なしの泥沼さ。だからあたしは酒に溺れる奴の気持ちが、よくよくわかるんだよ。好きな酒を目の前にぶらさげられて、一口でも飲んだら、元の木阿弥《もくあみ》になるっていうのに、気楽な言葉を言わせせられるもんか。おでこに我慢の脂汗《あぶらあせ》を滲《にじ》ませて、それでもやっぱり、酒よりも女房、ちゃんと稼いでふかふかした布団に寝られる今の生活が何よりと、自分を抑えに抑えて、酒が囁《ささや》く甘い誘いを思い切ろうとしているんだからね。亭主の心の裡《うち》は、『やめとこう、地獄へだけは行きたくない』ってとこなんだ」

と円朝の耳元で呟いた。

「辰吉が酒を飲み始めたのは、よほどのことがあったということですね」

円朝が念を押すと、

「まあ、そうだろう」

唯生は大きくうなずいたところに、出が近づいたと弟子が報せに来て、片手で杖を操って腰を上げかけ、

「そもそも噺に出てくる奴らは、舞台ごとみんないい夢なんだよ。だから、亭主に酒を勧《すす》める女房は、ほんとにはいない女だ。茶屋や飯屋なんぞの綺麗どころなら、商いだからやりかねないが、それもまた、男どもは好きであこがれるから、こんな調子の女房になるんだ。ほんとにいる女房は、酒で身を持ち崩しかけた亭主に、酒なんぞ勧めやしないもんさ。だから、何で酒をまた飲み始めたかは、案外、女房が知っているかもしれないよ」

ぽんと軽く円朝の肩を叩《たた》き、高座へ向かった。

はっと思い当たった円朝は、

「いいことを伺いました。ありがとうございました」

深々と辞儀をして、高座に上がる唯生を見送った。

円朝が辰吉の米沢町の庄助長屋を訪ねたのは、その翌々日のことであった。虎が雨の日は過ぎたが、相変わらずの雨模様で、しとしとと霧のように細かい雨が絶え間なく降り続いていた。

――雨は人の心の悲しみを映すものなのかもしれないな――

途中、円朝は訪ねて行く先のおちえの胸中を察した。

――想《おも》う相手を失ってすぐの悲しみは、今年の虎が雨のような大きな雨音に、ぐいと自分の胸を抉られるような痛み、それから後の痛みは、絶え間なく音もなく降る雨のように、いつ止むとも知れず、しくしくと続く辛さに違いない――

辰吉の住まいは棟割《むねわ》り長屋の端にあった。遊太とお小夜《さよ》が借りていたところも広くはなかったが、それよりさらに狭い。板敷きで、針台と裁縫箱を脇に置いて、襷《たすき》を掛けたおちえはせっせと針仕事に精を出していた。膝の上にあるのは、赤い地色に宝尽くしと呼ばれる数々の縁起物が描かれている古着であった。赤い糸が通った縫い針を手にしている。

「まあ、わざわざ、円朝師匠にまで来てもらってすいません」

無理やり笑顔を作って円朝を出迎えたおちえは、相手の目がじっと、手に持っている赤

い糸が通った針に注がれているのに気がつくと、いくらか戸惑《とまど》って、

「うちの人は痛い思いをして、たくさん血を流したんですから、せめて、こうして、ほんの少しでも流した大事な血を戻してやりたいって思って——。あたし、子どもの頃から、赤い糸って結ばれる相手とつながってるだけじゃなくて、相手の血とも一緒になれるって、信じていたんですよ」

窶《やつ》れきった顔こそしていたが、身仕舞いには寸分の隙もなく、円朝と向き合うと、改めて、しゃきっと気丈に背筋を伸ばすのがわかった。円朝は痛々しい思いでそんなおちえを見つめていた。

上がり框《かまち》に腰かけ、改めて室内を見回すと所帯道具といえるものはちゃぶ台と鍋《なべ》、釜《かま》と行李《こうり》が一つ、角に片付けられた布団があるだけだった。針台や裁縫箱は所帯道具ではなく、おちえの商売道具である。

「恥ずかしいような暮らしぶりでしょう？　驚かれたんじゃないですか？」

円朝が答えずにいると、おちえは後《おく》れ毛をかき上げながら、ちらりと円朝の顔を見て微笑んだ。

「でも、あたしたちがうんとつましくしていたのは、お金を貯《た》めて岡っ引きらしい家に引っ越すためだったんです。うちの人はね、一人息子の跡取りなのに、お酒が過ぎて勘当になってましたからね、亡くなった両親《ふたおや》の骨壺は親戚《しんせき》に預けっ放しになってるんです。だから、いずれはちゃんとお墓を建てて、仏壇も買って供養しようって、あたしたち決めてた

んです。だから、あたし、いつも、『うちにお金なんて、ない、ない、あるわけない』って、耳にたこができるぐらいうちの人に言って、こっそり貯めてたんです。それで幸せになれるって思ってました。なのに、こんなことになって、あたし、これから先、どうやって生きていったらいいのか――」

　おちえは手にしていた針にじっと見入っていたかと思うと、やおら、その赤い糸が付いたままの針を飲み込もうと口に入れた。

「だめだよ、やめなさい」

　あわてた円朝はおちえに近づいて抱きかかえると、口からはみ出ている糸をつかんで針を吐《は》き出させた。おちえは円朝の腕の中でわっと泣き出した。

　どれぐらい時がたったろう。

　泣きやんだおちえは、

「まあ、あたしはいったい――」

　円朝の腕からすり抜けて、出迎えた時のようにしゃんと正座して向かい合った。

「柄《がら》にもなく、お恥ずかしいところをお見せしてしまいました。申し訳ありません。師匠がこうして訪ねてくださるには、それなりの理由あってのことだというのに、自分の勝手な話ばかりして――」

　おちえは目を伏せた。

「辰吉さんとあたしは、同心の津川様を通じて、多少見知った間柄です。それで供養をさせていただきたいと思って伺いました」

ちゃぶ台の上からは、線香の紫色の細い煙が流れ続けている。円朝は紫陽花《あじさい》、そして赤い房の付いた黒い箸《はし》が一本供えられている、ちゃぶ台の上の辰吉の位牌《いはい》に両手を合わせた。

房の付いた黒い箸が気になった。

「訊きたいのは辰吉さんの酒のことなんです」

「うちの人にとってお酒は疫病神みたいなものでしたから、ずっと止めてくれていました」

酒と聞いておちえは顔を翳らせた。

六

「近頃、その酒をまた飲み始めていたようですね」

おちえはうなずいた。

「たしかにうちの人は、ここのところお酒ばかり飲んで、あたしが止めてほしいと泣いてすがっても、きいてはくれませんでした。『うるさい、これほど大事なことはねえんだ』って怒鳴って、あたしを殴り、徳利を抱え込んだんです。のろけかもしれませんが、あたし、それまで、あんな怖い顔のうちの人に、手を上げられたことなんて一度もなくて、びっくりするやら腹が立つやら、気がついてみると、ここを飛び出していました。村松町にある、裁縫の先生のところで知り合った友達のところに、一晩泊めてもらったんです。でも、次の日の朝になると、思い直して帰ることにしました。だけど、帰って来てみたら、津川の旦那がいて、もううちの人は生きていなかったんです」

そこでおちえは声を詰まらせた。

「何故《なぜ》、思い直したのですか」

円朝は励ますように聞いた。

「お酒を飲んでるうちの人、とても苦しそうだったのを思い出したからです。好きなお酒なのにこれほど苦しんで飲むなんて、よほどのことなのかもしれないって思えて――」

お上のお手先でありながら、悪事に加担し、二人も殺めてしまったゆえの良心の呵責《かしやく》かもしれないと円朝は思った。

「そうそう、うちの人、お酒のことで約束が違うって、あたしがわめき散らした時、こうも言ってました。『こんなことを知ってしまっちゃ、酒なんてもん、もう、どうだっていいんだ』って――。もう破れかぶれみたいで」

円朝は、

――もしかして辰吉は〝鬼百合〟の仲間だったのではなく、〝鬼百合〟について、何か大きな秘密を知ったのかもしれない――

と思った。それで、そのことを口にすると、

「ここんところ毎日のように様子を見に来てくれる津川の旦那も、そんなようなことを言って、うちの人を疑ったことを詫《わ》びてくれました。うちの人は仲間だったんじゃなく、湯

島の大家さんや噺家の遊太さんを殺した相手を知っていたから、口封じにやられたんじゃないかって」

おちえがやや和らいだ表情になったのは束《つか》の間《ま》で、

「でも、奉行所の中でそう信じてくれるのは津川の旦那だけみたいなんです。ほかの旦那方は、うちの人はまだ〝鬼百合〟の仲間で人殺しだったって、思ってるんでしょうよ、きっと」

すぐに口惜《くや》しそうに唇を噛《か》んだ。

「でも津川の旦那は自分一人でも、このお江戸の中に隠れている〝鬼百合〟の仲間を探し当てて、うちの人が悪党なんかじゃなかったっていう証《あかし》を立てるんだと、言ってくれています」

「それは頼もしいですね」

おちえはぽろりと、また涙を流した。

円朝は、津川が辰吉は殺されたと断じるには、それなりの確証があるにちがいないと思った。そこで、

「辰吉さんがここへ遺したのは徳利だけですか」

ぐるりと部屋の中を見回した。

「昨日、津川の旦那が来てくれた時、いつになくむずかしい顔をしていて、うちの人が遺したものはどこかと訊かれました。徳利のほかに、うちの人がいつも懐に入れていた手控

え帳があったんです。津川の旦那はその手控え帳を繰《く》って、熱心に読んでいましたが、しばらく貸してほしいと持って帰りました。その時、もしかしたら、これは辰吉が悪党ではなかったという証になるかもしれないと言ってくれたんです」

「津川様が持ち帰られる前に、おかみさんはその手控え帳を見なかったんですか」

円朝は訊かずにはいられなかった。

おちえは首を横に振って、

「うちの人、お役目のことには口を出すなって、いつも言ってましたから」

「そうでしたか」

円朝はがっかりした。

「ところでこれは何ですか」

円朝は房の付いた黒い箸を見つめた。よく見ると、付いている赤い房は、おちえが飲み込もうとしていた針に通っていたのと同じ、赤い糸が束ねられたものだった。

「十手の代わりです」

おちえはぽつりと呟いた。そして、

「うちの人の十手は津川の旦那からいただいたものでした。ここで冷たくなっていたのを見つけてくれたのも旦那です。その時、旦那は、うちの人が〝鬼百合〟の仲間になっていたのは間違いのないことだから、十手はふさわしくない、もうここへ置いておくわけにはいかないと言って、あたしから取り上げて行きました。けど、あたしはどうしてもうちの人が悪事を働いていたとは思えなくて、あの世でも十手を持って、弱い人たちを助けたがっているにちがいないからと、あの人の使っていた箸に赤い糸をまきつけて十手に似せて、供えたんです。でも、こんなことより、津川の旦那がうちの人が悪党じゃなかったっていう証を立ててくださるのが、何よりの供養なんでしょうね」

涙声で続けた。

浅草に帰った円朝は、赤い糸に託して一心に辰吉を想い続けるおちえの様子を話し、津川が辰吉の身の潔白を示そうと、孤軍奮闘し始めたらしいと栄朝に告げた。

円朝の羽織を畳んでいた栄朝は、

「おちえさんの辰吉さんを想う気持ちは、よほどなんでしょうね」

羽織の裾に付いていた赤い糸くずをつまみ上げた。

「ほら、師匠にまで想いが付いてきちゃいましたよ」

「おちえさんのところに、糸くずなど落ちていたかな。気がつかなかったが――」

「子どもの頃、女物の道行きの房をおっかあが取り替えるのを、見ていたことがあるんですよ。房は束ねた糸をぱちぱちと鋏《はさみ》で切って作りますからね。糸くずが散らばって困る、拾い集めたつもりでもまだあるって、おっかあがぼやいていましたっけ」

と栄朝は説明した。

津川が真の下手人《げしゅにん》探しに乗り出したことについては、

「〝晝好きの昼行灯《ひるあんどん》〟なんて言われてる津川様がですか」

すでに栄朝の目は感動で潤みかけている。

「でも、ま、年増とはいえ別嬪のあのおちえさんを励ますのは、独り者の津川さんにとっちゃ、満更じゃないかもしれませんしね」

「いけないよ、栄朝。今、そんな話をするのは下衆の勘繰りだ」

円朝はたしなめた。

「そうでした、すいやせん」

栄朝はしょんぼりとうなだれてみせたが、

「やっぱり、辰吉さんは〝鬼百合〟なんかじゃなかったんですね。そうなると、〝我は鬼の百合なり〟と書いてあったあの紙は、師匠が睨んだ通り、辰吉さんが書いたんじゃなくて、源三や遊太さんを殺めた張本人の〝鬼百合〟が、辰吉さんを仲間にみせるために書いたってことになりますかね」

口から流れ出る言葉は弾んでいた。

「うん、まあ、そうなんだ」

「津川さんの力になって、こちらも何か手伝《てつだ》えることがあるといいんですけどね」

と言った栄朝に円朝も同じ思いであった。

その津川が訪れたのは翌日のことであった。

「お役目、ご苦労様です」

珍しく機嫌よく茶を運んできた栄朝に、長い顔がやや窶れて見える津川は首をかしげて、

「何かあったんですか」

小声で円朝に訊いてきた。

「実は――」

円朝はおちえから聞いた話をした。

「なに、師匠まで辰吉のところへ――」

津川は絶句した。

「辰吉は幸せ者です」

「ところで、津川様」

円朝は辰吉の残していた手控え帳のことに触れた。

「何が書かれていたのか気になるところです」

「そうでしょうな」

「もしかして、辰吉は殺しの下手人が誰かを突き止めていたので、殺されたんじゃないのかと――」

「あり得ますね」

「だとしたら、手控え帳にはその名が書かれていたのでは――」

「はっきりとは書かれていませんでしたが、調べはついていたようです」

「その調べとは――」

すると、突然、

津川がぴしゃりと遮った。

「師匠」

「師匠がご推察の通り、辰吉は知ってしまったがゆえに命を取られました。源三、遊太、盗みと殺し、すべては盗みはすれども殺しだけはしなかった〝鬼百合〟の残党が、今では残酷非道な極悪人と化している証です。わたしがおちえさんのところへ頻繁に通うのは、断じて、よこしまな気持ちからじゃないんです。辰吉の女房だったというだけで、何か知っているかもしれないと、おちえさんが命をねらわれるのを恐れてのことなんですよ。この件で、師匠にくわしいお話をお聞かせすれば、師匠の身もまた危うくなるかもわかりません。ですから、知っているのはわたし一人でいいのです。わたしだけが調べを続けて、辰吉の仇を討つ。それしかないのです。どうか、今日を限りに、もう、この件に関わるのはやめにしてください」

津川は語気荒く言い放った。

七

津川は常にない凄みのある目をしていて、辰吉の仇を討とうという、覚悟の程が滲み出ていた。胸を突かれた円朝が言葉を失うと、

「一度でいいから、大川に大きな屋形船を浮かべて、川開きの花火のような噺を聴いてみ

たいものです」

突然、津川は話を変えた。

両国で行われる大川の川開きには、花火が打ち上げられる。澄みきった碧空《あおぞら》に傘花《さんか》が開き、金竜《きんりゅう》が昇るさまは豪華絢爛《けんらん》そのもので、毎年、両岸や橋の上は花火見物の人々で埋め尽くされるのであった。この川開きの日から八月の二十八日まで、大川筋に涼み舟を浮かべて楽しむ遊山《ゆさん》が許される。

毎年のことだが、この時期になると必ず、津川は三十俵二人扶持《ぶち》の同心の身分では叶《かな》わないとわかっていて、屋形船の中で寄席を仕切ってみたいという、夢のような話をするのであった。

「夕涼みも盛りの頃には、川には舳《へ》先《さき》がぶつかりかねないほど、たくさんの屋形船や屋根船が往来していて、大川が一時、花街に変わってしまったかのようになると聞いています。となると、三題噺のお題はかしましくも艶っぽい三味《しゃみ》の音《ね》、〝うろうろ舟〟、〝ひらた舟〟なんぞでしょうかね」

三題噺というのは客から貰った三つの題を巧みに取り込んで、一つの噺に仕立てたものである。船を仕立てることのできる金持ち連中は、三味線を弾く芸者衆を連れて乗ることもあって、船と船の間を、酒の肴《さかな》や水菓子を走り売る〝うろうろ舟〟が縫い、影絵や猿芝居を演じて投げ銭をねだる〝ひらた舟〟が漕ぎ巡っているのであった。

「屋形船から聞こえる三味の音、〝うろうろ舟〟や〝ひらた舟〟となると、〝うろうろ舟〟

も〝ひらた舟〟も、三味線上手な名妓《めいぎ》に惚《ほ》れ込んだ道楽息子のなれの果てかもしれず、これはきっと艶めいた噺になりますよ。麗々亭の兄《あに》さんあたりが得意としそうだ」

〝三題噺〟まで出てきたのは初めてだったが、知らずと円朝が津川の夢に引き込まれてしまうのも、毎年のことだった。

大川の水の流れに乗って、川風に吹かれつつ噺をするのは、格別に気分のいいことのような気がする。それに何より、座敷噺をする時のように、どこぞのお大尽《だいじん》に連れられて船に乗るのではなく、津川が席亭《せきてい》になって、どーんと屋形船を貸し切って寄席にするという話は、噺家という浮き草のような稼業が、世間に胸を張れるような気がして心が躍った。

「その寄席の名はあたしに付けさせてください。万亀亭《まんきてい》。津川様の名にちなんで、たとえ一夜限りの寄席でも、そこでの噺は万年、語り継がれるようにと――」

思わず、軽口の出た円朝に、

「よろしい名ですね」

うなずいた津川は、

「ただし、今わたしがお出しした三題噺、柳橋師匠ではなく、是非《ぜひ》、円朝師匠に演《や》っていただきたい」

真顔で言った。

「それは光栄だ」

「いつになるかわかりませんが、わたし、この夢、必ず叶えたいと思っています。考えておいてください」

「わかりました」

「きっとですよ」

念を押して、円朝が大きくうなずくのを見て、津川はほっと安堵《あんど》の吐息を洩らした。相手が上機嫌なのを見澄まして、

「津川様、一つだけ、お訊《たず》ねしてよろしいでしょうか」

「一つだけ？」

繰り返した津川は気がついたのか、

「辰吉のことですね」

渋い顔になった。

「今日に限ってお訊ねするんです。訊くというよりも、あたしの呟きですが――」

津川は黙って円朝を見つめた。

円朝は津川ではなく、天井を仰ぎながら、

「なに、どうしても、ちょいとわからないことがあってね、辰吉が源三と遊太を殺した下手人に目星を付けていたとして、何でわざわざ〝我は鬼の百合なり〟なんて名乗りの書き付けを残して行ったのか――。あたしがその〝鬼百合〟なら、辰吉の口を封じた後、何か辰吉が書き残していたのではないかと疑って、まず家捜しをするだろう。大事な手控え帳をそのまんまにした挙げ句、自分から〝鬼百合〟だと名乗るなんて、いささか間が抜けて

やしないか」

と呟いた。

すると、津川は外の久々に雲の切れた青空に目をやって、

「長年、定町廻《じょうまちまわ》り同心を務めていてわかったことの一つが、悪党にも見栄のある者とない者がいるということだ。見栄を張ったところで、所詮は悪党、〝鬼百合〟ならば盗《ぬす》っ人《と》と決めつけるのはこちらの言い分で、〝鬼百合〟ほどになると、たとえ落ちに落ちて人を殺めるようになったとしても、それなりの矜持《きょうじ》はある。その矜持が〝鬼百合〟と名乗らせるのだろう」

同じように呟いて立ち上がった。

「師匠に屋形船での三題噺を考えろなんて、津川さんのほらときたら、大きくなるばかりですね。呆《あき》れますよ」

津川を見送った栄朝を、

「あれはほらとは言わない、夢と言うんだよ」

やんわりと諫《いさ》めた。

「それに今日の津川様は、あたしが辰吉のことをしつこく訊いたせいで緊張していた。辰吉の話を続けたくなかったんだよ」

「それはわかりました。一人で辰吉の仇を討つって意気込んでた時の津川様、あんな怖い

津川様の顔見たの、初めてでしたから――。この人、本気なんだと思いました。一つわからないのは、師匠がおっしゃったように、何で辰吉を殺した〝鬼百合〟の残党は、よりによって、手控え帳を残して行ったんでしょうかね。このことについては、津川様、何も言ってませんでしたね」

「津川様だって、そうそう悪党の気持ちが全部見通せるわけではあるまい」

「それはそうですね」

「それから、これは言っておくが、津川様があたしに三題噺を頼んだのはね、屋形船を貸し切っての寄席に出るまで、生きていろ、辰吉のことと関わって危ない目に遭《あ》うな、ある命を大事にしろと諭したのさ」

「なるほどそうだったんですか」

「栄朝、人の話というのは浅いものではないよ」

円朝は釘《くぎ》を刺すのを忘れなかった。


それから何日かが過ぎて、円朝が栄朝と一緒にもいだばかりの胡瓜《きゅうり》を塩もみにして、やや遅い昼餉《ひるげ》を摂《と》っていると、

「師匠、円朝師匠、園です」

玄関から啜り泣きに似た、細い声が聞こえてきた。

「お園さんといえば湯島の――」

栄朝は箸を置いて走って応対に出た。

「お園さんが、これをしばらく預かってほしいっていうんで、お預かりしてきたんですが」

戻ってきた栄朝は手に重そうな唐草《からくさ》模様の包みをぶらさげている。丸い包みは風呂敷《ふろしき》に包んだ西瓜《すいか》のようにも見えたが、栄朝は顔をしかめていて、西瓜よりはずっと重そうに見える。それに不思議なことに、しばらく梅雨の合間の青空が続いているというのに、風呂敷が濡れている。

包みを解くと、中味は二匹の赤い金魚がふわふわと水の中を漂っている。円朝が円生の家で見かけたことのあるギヤマンの金魚鉢であった。

「お園さんはこれを預かってほしいの一点張りで、すぐにも湯島へ引き返そうとするのを、やっと押し止《とど》め、師匠に会ってご自分からお願いしてほしいと言って、客間にお通しました」

円朝は客間で待っていたお園と向かいあった。

「いったい、どうしたんです？」

円朝はまだ息が上がっているお園のために、栄朝を呼んで水の入った薬罐《やかん》と湯呑《ゆの》みを持ってこさせた。お園は薬罐から立て続けに二杯、湯呑みに水を注いで飲み干すと、

「どうか、その金魚を預かってください」

畳に両手をついた。

「預かるのはかまわないが、理由を話してくれないと困ります。その金魚はおかみさんの見舞いにと、隣りの森北屋さんから貰い受けたんじゃなかったかと――」

「その通りです」

「だったら、うちで預かるのはお門違《かど》いです。森北屋さんの気持ちを無にすることになります」

「でも、おっかさんが――」

お園の声が掠《かす》れた。

「おっかさんがどうしたんです？」

「目障《めざわ》りだから、どうしても返すようにって。返さなければ、わたしが目を離した隙に、唐辛子《とうがらし》を入れて殺してしまうって」

「おかみさんの加減が悪いんですね」

円朝は知らずと眉間《みけん》に皺《しわ》を寄せていた。

「わかりません。あたしにはおっかさんはいつもの通りに見えます。咳がひどくて血さえ時々吐くほどなのに、身体にさわる行水《ぎょうずい》をして、髪を結ってお化粧して、ちゃんと着付けて――。その上、あたしが可愛がってる金魚を目の仇にして――。近頃、あたし、おっかさんの身体、ほんとに悪いのかってわからなくなることがあるんです」

「お園ちゃん、ご苦労様です。おかみさんの世話でとことん疲れているんですね」

円朝がねぎらうと、

「でも、あたし、おっかさんのことで疲れてなんていちゃ、いけないんです。だって、おっかさんはあたしのために、このあたしのために――」

お園は泣き崩れた。

八

ひとしきり泣いて涙を振り払ったお園は、

「おっかさん、あたしが師匠のことをずっと好きだって知ってて、添わせてくれようとしてるんですもの――」

「そうでしたね」

円朝は優しくうなずいた。

「師匠はあたしのこと――」

お園は不安そうに胸に手を置いた。

「好きですよ」

「よかった――」

ほっとお園は息をついた。

円朝はそばにあった金魚鉢を抱えて立ち上がった。

「でも、あたしはお園ちゃんを金魚鉢で飼おうとは思いません」

縁側から下駄を履いて地面に下りると、手水鉢《ちょうずばち》に毛が生えたような小さな池に、ばしゃりと音を立てて鉢の中身を開けた。ゆらゆらと揺れて漂う水草の間を縫うようにして、二匹の金魚は元気よく池の中を泳ぎ巡り始めた。

「今、お園ちゃんが一番望んでるのは、こうして、池に還《かえ》った金魚みたいに自由になることです。いつまでも、おっかさんっていう鉢の中にいては幸せになれない。このままだと、お園ちゃん、一生、自分の心の声を聞かずじまいになりますよ」

「自分の心の声って――」

お園は再び不安そうな面持《おもも》ちになった。

「一心に愛おしく思う気持ちです。お園ちゃんは森北屋の若旦那が届けてきてくれたこの金魚が、おっかさんが何と言おうと、大事で大事で、こうして守ってきたわけで、若旦那ははじめは鯉を、それが駄目だといわれると次には金魚を届けてきなすった。だから、お園ちゃんが愛おしく思っているのは、鯉でも金魚でもないのかもしれない。そこんとこをよくよく考えてみるんです」

「たしかに、あたし、鯉や金魚のことを想うと、鯉や金魚が想い人みたいに思えて、でも、どうして、そんなこと――」

お園は首を横に振りながら頰《ほお》を赤らめた。

「池に還った金魚の心で考えてみれば、すぐにわかることです」

この日、円朝は高座のための準備があり、お園は栄朝が湯島まで送り届けることになった。

「師匠、お園さんとは、何だかむずかしいお話でしたね」

もはや、立ち聞きしたことを隠しもせずに栄朝は首をひねった。

「まあ、おまえにもそのうちわかるさ」

そう言って、栄朝とお園を送り出した後、ずいぶん長い間、円朝は池の金魚に見入っていた。二匹の金魚は戯《たわむ》れ合うように連れだって泳いでいて、決して離れようとはしない。

「あたしも池の金魚になっていいのかもしれない」

ぽつりと円朝は独り言を洩らした。

お園を送って戻ってきた栄朝と話をしたのは、翌日の朝餉の膳を囲んだ時で、昨日同様、菜《さい》は胡瓜であったが、刻んだ茗荷《みようが》が混ざっていて味噌味《みそあじ》に変わっていた。

「胡瓜には、味噌だけつけるもろきゅうが一番なんですが、美味《うま》すぎて酒を呼びますからね。朝や昼には向きません。それで味噌汁に胡瓜や茗荷を混ぜて、飯にぶっかける冷や汁を真似て菜にしてみたんですよ」

栄朝の冷や汁もどきの和《あ》え物は旨《うま》かった。

「昨日、お園さんをお送りしてきまして――」

栄朝はその時の話をしたくてそわそわしている。

「そうだった、ご苦労だった」

「やっぱり、あたしがずっと思っていた通りでした」

「ふーん、そうなのか」

円朝は飯茶碗を栄朝に向かって突きだした。

「お代わり」

「はいはい」

栄朝は盆で受け取り、下に置いて、飯櫃《めしびつ》から飯茶碗に飯をよそった。

「お園さんは師匠に首ったけです。まあ、相手が師匠なら、たいていの女がそうですけどね。湯島の家までの道中、お園さんときたら、師匠の話ばかりしてましたよ」

「へえ、どういう話？」

円朝はふっと笑った。

「そりゃあ、もう、師匠のべた褒めですよ。師匠に意地悪をしたおとっつあんの円生師匠さえ、実は認めてたっていう芸の素晴らしさ、男気《おとこぎ》のある人柄のこと、心映えとたがわぬすがすがしい見目形《みめかたち》、お園さんの話を聞いているうちに、あっという間に湯島に着いていました」

「それは有り難いね」

「羨《うらや》ましいですよ、師匠が」

「お園ちゃん、その有り難い話は全部、誰かから聞いたものだって、言ってなかったかい」

「はてね――」

栄朝は人差し指をこめかみに当てて、

「たしか――遊太兄さんの話になった時のことでした。あいつときたら、身の程知らずというか、湯島に住み込んでいる時、おかみさんに気に入られているのを勘違いして、お園さんの婿《むこ》になりたいから、円生師匠に自分を薦《すす》めてほしいなんて抜かしたこともあったんだそうですよ。もちろん、三遊亭円生の名跡ねらいに決まっています。それを聞いたおかみさんは烈火のごとく怒って、円生師匠の耳に入れることもなく、勘違いもほどほどにしろと遊太兄さんを追い出したんだそうですが――」

と言いつつ、とんとんと忙しく叩き続けた。

「そういえば、お園さんの話の頭には、〝おっかさん〟が付いてましたね。〝おっかさん〟がこう言った、ああ言った、そればかりでした」

「ということは、有り難い話をしてくれていたのはおかみさんで、お園ちゃんのは〝おっかさん〟の受け売りってことになるね」

「そういってしまえばそうですけど」

師匠はいったい何を言いたいのかという、不審な顔の栄朝に、

「ようはこの三遊亭円朝、お園ちゃんに惚れられているわけじゃない」

円朝はきっぱりと言い切った。

「三遊亭円朝ともあろう者がそんなわけ――」

「あるんだよ」

円朝はにっと笑った。

「この道ばかりは、また深いんだ。金魚、鯉にまで広げてもいい」

「昨日のむずかしい話に出てきてましたね」

そこで円朝はおりんが鯉の跳ねる音を嫌い、森北屋に返させたことを蒸し返した。

「そして、次には金魚まで返してこいとお園ちゃんを責め立てた。おかみさんが嫌っているのは、鯉や金魚なんかじゃないんだ。森北屋だ、鯉や金魚を届けてくる若旦那だよ。若旦那はお園ちゃんを好いているはずだ。ご近所だから子どもの時から、ずっと可愛いお園ちゃんが気になっていたのだろう。お園ちゃんの方にも、何度か、顔を合わせたことのある若旦那への想いはあったんだろうが、〝おっかさん〟に四六時中、『円朝、円朝』とあたしの話をされて、すっかり、あたしのことが大好きだと思いこんでしまっていたのさ。子どもは誰でも親の言うことを無心に聞いて、信じることが多いものだから――。ましてや、お園ちゃんときたら、あの通りの箱入り娘だ、無理もない。まあ、〝おっかさん〟病みたいなもんだよ」

「でも、あたしと湯島へ戻る途中、お園さんは師匠の話ばかりでしたから」

栄朝はまだ円朝の話に納得がいかない。

「〝おっかさん〟病は、そう簡単には抜けないよ。けれど、お園ちゃんは、ここに金魚鉢を運んできてまでして、おかみさんから金魚を守ったんだ。お園ちゃんはそのうち、必ず鯉や金魚は若旦那の分身だったと気づくはずだ。あたしも力を貸してやらなければならない」

「師匠、いったい、何をなさろうっていうんです」

はっと思い当たって、栄朝は息を詰めた。

「まさか――」

「栄朝、ものはややこしく考えない方がいい」

「師匠がお園さんの想いをはかってるんだって、充分ややこしいですよ」

ぶすっとしている栄朝を尻目に、

「おかみさんは何で、あたしにお園ちゃんを娶《めあわ》せようとしていると思う？」

と円朝は訊いた。

「それは師匠が三遊亭円生という大名跡を継ぐのにふさわしい人だからでは――」

「それは付け足しだよ」

栄朝の言葉を遮り円朝は、

「おかみさんとお園ちゃんはよく似ている。あんなに見かけが似ていたら、自分の想いを託したくもなるだろう。自惚《うぬぼ》れで言うんじゃない、病気の重いおかみさんは、先をはかなんで、お園ちゃんを自分の身替わりにしようとしているんだ」

「なるほど」

栄朝はしぶしぶうなずいた。

「相変わらずややこしい推量ですけど、そうかもしれません」

「これでやっと、あたしは覚悟ができた。あたしは有り難い話をしてくれている相手に報いたいと思うんだ。あたしさえ、おかみさんの気持ちに応えれば、もう、おかみさんは金魚鉢にならずに、お園ちゃんを囲い込まなくなる。お園ちゃんはおかみさんの身替わりとして、あたしに添わなくてよくなる。自由になれるんだよ。四方八方、丸くおさまるじゃないか」

円朝の声はさわやかに明るい。

「たしかに湯島のおかみさんはお気の毒です。世話をしているお園さんも、おかみさんの想いに振りまわされて可哀想だと思います。けれど、将来ある師匠が何もそこまでしなくても――。到底、あたしは賛成できません。師匠は持ち前の気持ちの優しさに流されかけているんです」

断固、これだけは譲るまいと、栄朝は円朝を見据えた。

九

「師匠はあのおかみさんに情けをかけているだけですよ。思いやりが過ぎる師匠とあの女《ひと》とじゃ真反対、師匠があんな女に惚れてるなんて信じられません」

「ところがそうでもないんだよ」

円朝はにっこりと笑った。

「よしてくださいよ。あんな女がおかみさんだったから、円生師匠はどれだけ陰で悪くいわれたか――」

「おりんさんはそんなによくないか」

「綺麗だけが取り柄《え》の贅沢《ぜいたく》で言いたい放題の我が儘女、噺家の女房の風上にも置けない、一緒にいるとツキを逃す女だとみんな言ってましたよ。とんでもないことを言ってきた遊太を追い出したんだって、元はあのおかみさんが手なづけて調子に乗らせたようなもんですからね、手柄にはなりませんよ。師匠には純なお園さんか、同じ年増でも、一途《いちず》なおちえさんみたいな女がお似合いです」

「それほど似合わないものかねえ」

「あのおかみさんみたいな女、あたしが知ってる限りでは、師匠が助けてやった時、羊羹《ようかん》は持ってきたものの、礼を言うどころか、好き勝手なことを言って帰った深川芸者だけですよ。あのわきまえの欠片《かけら》もない女、千龍《せんりゅう》って言いましたっけ」

「だがあの千龍に恵比寿屋さんで会って、あたしはやっとおかみさんへの自分の想いに気がついたんだよ。これまでずっと、おりんさんは師匠のおかみさんだという分別や遠慮があって、自分の心に蓋《ふた》をしてきていたんだ。だからあの時も、千龍がおりんさんに見えてつい酒を過ごしてしまった」

「その後、茶入れを袖に投げ込まれて、まんまと遊太兄さんにしてやられかけたんですから、やっぱり千龍もおかみさんも師匠にとっちゃ、疫病神じゃないですか」

「栄朝、疫病神はひどいよ」

円朝は傷ついた少年の目になった。

「師匠、そんな情けない目であたしを見ないでくださいよ。それにね、労咳《ろうがい》のおかみさんはもう、そう長くはないはずですよ。師匠が相手を想えば想うほど、もしもの時の師匠の痛手も大きいはずです。そうなった時には、今みたいな目をしちゃ、高座には上がれませんよ。そこらの若僧だけじゃない、人や幽霊は言うに及ばず犬や馬だって演じられる、天下の三遊亭円朝なんですから。あたしは気を落とすに違いない師匠を案じているんです」

「そこまであたしのことを――」

「あたしは心配でならないんです」

「わかった。おまえに心配をかけないようにするよ」

円朝のしょんぼりした様子に、強く言いすぎたと思った栄朝は、

「湯島には、せめて時折立ち寄って話をするぐらいにしといてくださいね」

その後、あわてて、

「でも病人と祝言なんて嫌ですよ。縁起が悪すぎますから。後でどっと気落ちしそうですしね」

さらに付け加えた。

「祝言をする、しないはどうでもいいことさ」

おりんとの行く末のことで、何か並々ならぬ想いを秘めているのか、とりつくしまのない固い横顔を見せる円朝に、栄朝は続ける言葉を失った。

翌日の午前中、円朝はおりんを訪ねることにした。自分のおりんへの気持ちを伝え、正

太郎のお園への想いを話してみるつもりでいた。

――おりんさんのことだ。あたしの勘違いだとか、いらぬお節介《せっかい》と言うだろうけれども
――

　とはいえ、円朝はおりんを前にすると、とかく押されるばかりであった。

　――だが、今度ばかりは負けてはいられない。押して押して押しまくって、何としても
わかってもらわなければ――

　そう意気込んでいる自分に気がついて、

　――何だ、これじゃ、惚れた腫《は》れたと人を想っているというよりも、手強《てごわ》い相手に挑ん
でいるみたいじゃないか――

　ふと苦笑いが洩れた。

　――まあ、かまうまい。好きで手強い女を相手にしているんだから――

　円生の家の玄関で訪《おとな》いを告げると、

「一昨日はすみませんでした。あれから、師匠が考えるようにっておっしゃってたこと、
ずっと寝ないで考えてたんです」

　そうは言うものの、出てきたお園の目は腫れておらず、おりんに叱《しか》られて泣いた後のよ
うでもなかった。若々しい輝きが目にも肌にも溢れていた。

「ところで心の声は聞こえた？」

「ええ、やっと。分身の鯉や金魚じゃない、本家本元と話がしたいって――」

お園は頬《ほお》を綺麗な桜色に染めた。

「よかった。じゃあ、もう、あの金魚を返すことはないね」

「でも、このこと、おっかさんにどう言ったらいいか――」

お園は顔を曇らせた。

「安心おし。この話、おかみさんにはあたしからしてみよう」

「そうしていただけると」

お園は安堵のため息をついた。

円朝が床の上に起き直ったおりんと向かい合ったのは、その後、半刻《はんとき》（一時間）を過ぎてからであった。円朝の訪れは出し抜けだったので、相手が円朝となると日頃の身繕いでは気に入らぬおりんは、お園に手伝わせて念入りに化粧を直し、着物を着替えた。

円朝は想いの丈をおりんにぶつけた。これでもか、これでもかと、思いつく限りのおりんへの賛辞を並べ立てもした。おりんは相づちも打たずに聴いていたが、話し終わった円朝が額の汗を手の甲《こう》で拭《ぬぐ》うのを待って、

「三遊亭円朝ともあろう人が下手《へた》な話だねえ」

すぃーっと艶っぽくはあったが冷ややかな流し目をくれた。

「あたしはおまえが高座で見せる、こういう仕草が何より好きだったのに、今のは泥臭いねえ、野暮《やぼ》だよ。あたしゃ、たとえ相手が好きな男でも野暮は嫌いなんだよ。円生もたいして粋《いき》じゃあなかったけど、おまえほどひどくはなかったよ」

「おかみさん」

円朝は絶句した。返す言葉が見つからない。

「それでもあたしはおかみさんのことが――」

「おまえの話のどこが野暮だか、教えてあげようか。もう、先は長くないと覚悟してるあたしはね、器量についての褒め言葉なんてちっともうれしかないんだ。今はこうして褒めてくれてても、いずれ骸になって髑髏《どくろ》になっちまったら忘れられる。それにあたしは、今になっちゃもう遅いけど、自分はとことん器量のほかに取り柄がない女だって、よくよくわかってるんだからね」

おりんはさばさばと言ってのけた。

「それでもおかみさんは、病人とは思えないようにしてるじゃありませんか」

ふんとおりんは高い鼻を鳴らして、

「取り柄ぐらいは全《まっと》うして死のうと思ってるだけのことだよ」

寂しそうに笑った。

「せめてもの花道と思ってくださいな」

円朝は胸が詰まった。

「おかみさん、お願いです。何とかもう一度、あたしに機会をください」

しかし、

「一度だけだよ」

おりんは冷たく言い、

「また野暮だったら、お園の話は元に戻して、おまえにお園を添わせるからね。そうすりゃ、あたしは死んでいなくなっても、お園の姿を借りて、おまえのそばにいられるような気がして死ぬのが怖くなくなるし、三遊亭のみんなのためにもなる。お園だって、後になればこれでよかったと思えるだろうし、粋なはからいで、按配はどこも悪かないんだから」

と続けた。

──手強い──

額から滴《したた》り落ちてきた汗が円朝の目に入った。汗に目が染《し》みて、

──思っていたよりもずっと手強い──

涙がこぼれてきそうになった時、

「きゃーああ」

急に庭の方から大きな悲鳴が聞こえた。

「お園ちゃん」

立ち上がった円朝はすぐに声のした庭へと下りて行った。そこには土蔵があった。以前〝鬼百合〟の仲間と組んだ遊太が〝勝浦貞山《かつうらていざん》〟を名乗って、借りたその土蔵に潜んで地下を掘り続け、かつては森北屋の蔵と通じていた地下道を探し当て、森北屋の千両箱を盗もうとしていた場所であった。

お園は見当たらない。

「お園ちゃん」

円朝はもう一度叫んだ。

すると錠前の外れた土蔵の扉が開いて、真っ青な顔のお園がよろよろとした足どりで出てきた。

「し、師匠」

お園は震えている。出てきた土蔵を指差して、

「あそこで人が――人が――、死んでます」

切れ切れにやっとの思いで告げた。

「なに、人が死んでいる？」

お園はこくりこくりと何度もうなずいた。

円朝は土蔵の中へと足を踏み入れた。薄暗がりの中で奥の梁《はり》にぶらさがっている人の姿が見えた。梁に近づいてみると、首を吊《つ》っているのは中年男で見覚えがあった。

外へ出た円朝は、

「死んでいるのは森北屋の番頭宗吉さんだね。いつか鯉を引き揚げに来ていた――」

「はい」

「お園ちゃん、お隣りにこのことを報せてきてくれないか。森北屋から津川様に報せてほしいと言ってくれ。あたしが行ってもいいが、お園ちゃんがここで一人になるよりはその

方がいいからね。それからおっかさんにはこれは内緒にしよう。身体に障ってはいけない。だから、まずは正太郎さんにだけ報せるのだよ」

こくんと大きくうなずいて、お園は隣りへ走って行った。

十

津川より先に森北屋の正太郎と小僧の三太がかけつけてきた。三太は宗吉と一緒に円生の家の池から鯉を引き揚げに来て、攩網を振りまわしていた若者である。

「何でこんなことが――」

正太郎は悲痛な声をあげた。

「番頭さん」

梁を見上げた三太は色をなくしてぐらりとよろけた。

「そんなことじゃ、だめだよ、三太。宗吉のことは早くに亡くしたおとっつあんみたいだって、おまえはなついてたじゃないか。それがわかってたから、こうして連れてきたんだよ、しっかりするんだ」

細く華奢《きゃしゃ》な若旦那の正太郎が大きな三太を叱った。正太郎も青ざめきってはいたが、唇を真一文字に嚙みしめて踏みこたえている。

「何より早く宗吉を下ろしてやらなければ――。そうですよね、師匠」

「いや、それは津川様がいらしてからの方がいいですよ」

円朝は以前津川から首吊りの死体について聞かされたことがある。遠く元《げん》という国から朝鮮を経て伝わった、あらぬ濡れ衣を着せぬための書物「無冤録《むえんろく》」の話だった。

「すでに津川様には家の者を走らせております。そうでした。このような場合はお上にお任せするのでしたね。てまえとしたことがすっかり取り乱してしまって――」

こうして円朝、正太郎、三太の三人と、後から、おそるおそる土蔵に入ってきたお園は津川の訪れを待った。

お園は宗吉がぶらさがっている梁を見ないように、ひたすらうつむいていた。

「いいんだよ、お園ちゃん、無理にここにいなくても」

円朝が言葉をかけると、

「でも、この家の者がいないと――。それにこんなことが起きたのは、あたしが悪いんですもの――」

お園はうなだれた。

「あたしは遊太さんが勝浦貞山とやらに化けて、この蔵に通ってきていたことも見抜けなかったし、その後、勝浦貞山に鍵を渡したっきり、そのままになってしまった蔵の錠前《じょうまえ》を新しくしようともしなかったんです。あの災難でおっかさんはすっかり蔵に嫌気がさしちまって、『もう、蔵なんてどうなってもいい』って一点張りで、錠前を付け替えることに『うん』と言ってくれませんでした。『どうせ中身がたいしたことのない、がらくた同然なのはわかってる。盗みたい奴には盗ませておやり』なんて言って――。あたしがおっかさんを説得して、錠前さえ新しくしていればこんなことにはならなかったはずです」

たしかにその通りだった。円朝が慰《なぐさ》める言葉を探しあぐねていると、

「女二人の所帯で、蔵に錠前を掛けずにいるなんて物騒《ぶっそう》ですよ。盗っ人に顔でも見られれば何をされるかわからないんですから」

親身な口調で正太郎は顔をしかめた。

「津川様もそう言ってくださいます。『仕方ない、心配だから錠前の代わりを務めてやるよ』なんて言って、よく来てくださっていたんですけど——」

ほどなくその津川がやってきた。さすがに役目柄、慣れているのだろう、居合わせている者たちのように、死体を目の当たりにして顔色を変えるようなことはない。

津川は宗吉の死体を見上げた。

「顔が安らかだ。自分で吊った首だな」

と言った。

「〝無冤録〟によれば首吊りには二通りあって、自分で首を吊るのがほとんどだが、この場合には両目は閉じられていて、口から歯や舌が見えている。ところが誰かに布などを口鼻に押し当てられて殺され、その後吊《つる》されると、目は見開いて飛び出し、鼻や口から血が噴き出して、何とも恐ろしい赤鬼のような顔になるということでしたね」

円朝が覚えていることを口にすると、

「その通りです」

津川は大きくうなずいた。

死体を梁から下ろすとき、死んでいる宗吉の身体からはぷんと酒の匂《にお》いがした。

「書き置きは――」

正太郎と三太は訴えるように津川を見た。

「あの律儀《りちぎ》な宗吉のことです。覚悟の上ならば、なにか言い遺すのではないかと――」

「あるとすれば――」

津川は宗吉の懐に手を差し入れた。

「これではないかな」

津川が出してきたのは、二つに折った二枚の紙であった。一枚には〝我は鬼の百合なり〟と書かれている。

「これは死んだ辰吉の懐から出てきたものと同じだ」

津川の言葉に円朝は、

「とすると、この宗吉も辰吉のように殺されたのだと？」

とたんにぞっと背筋が冷たくなった。

「いや、そうではあるまい」

津川はもう一枚を開いて見ていた。そこには、〝瀬をはやみ岩にせかるる滝川《たきがは》のわれても末に逢《あ》はむとぞ思ふ〟とあった。

「崇徳上皇《すとくじようこう》の御歌ですね」

これは想い合う男女が再会を期した恋歌である。

「上方噺の〝崇徳院〟にも出てきますよ。江戸では〝花見扇〟と言われてますがね」

津川は意味深《いみしん》な顔になった。

〝崇徳院〟は、すれちがって一目惚れした娘から、崇徳上皇の恋歌を託された大店《おおだな》の若旦那が、めでたく再会、結ばれるまでの経緯が語られる。重い恋煩《こいわずら》いに罹る若旦那のため、大店の主に頼まれた長屋の熊《くま》さんが一役買って出て、人が集まる湯屋や床屋をかたはしから探して歩き、やっとの思いで手がかりを得るという、何とも人情味あふれる流れであった。

「あの〝崇徳院〟と関わりがあるというのですか」

「これを見てください」

津川は自分の懐から手控え帳を出して、円朝に渡した。

「辰吉のものですよ。最後の一行を除けば、どうということのない備忘録《びぼうろく》のように見えますが――」

確信している円朝はぱらぱらと手控え帳を繰って、最後の一行に行き着いた。

そこには、

湯島の大家　源三

噺家　三遊亭遊太

湯屋神田明神下　〝鬼百合〟

と記されていた。

「これが何か――」

津川の親戚が主をしているという三組町《みくみまち》に、妻恋町《つまごいちょう》、同朋町《どうぼうまち》、本郷一丁目の湯屋ならば、遊太が幽霊話を流して歩いた場所であったが、辰吉の手控え帳にある神田明神下の湯屋からは、沢村松之丞《さわむらまつのじょう》の声音《こわね》の幽霊話など聞こえてきていない。

「どうやら辰吉は仲間に幽霊騒動を起こさせたり、この蔵を掘らせたりした〝鬼百合〟の黒幕を追っていたようです」

津川はそう言って、円朝の手から手控え帳を取り上げて、はじめから繰って行った。字《じ》面《づら》を追っていく津川の指は、しばしば、湯屋湯島大横町などと書かれた場所で止まった。辰吉は遊太が幽霊話を流していない湯屋まで回っていたのである。

「辰吉はやみくもに湯島の湯屋ばかり調べていたようです。湯屋は遊太が幽霊話の噂を流していたところなので、もしかして調べに漏れがあってはと気になったのでしょうね。ところで湯屋の二階といえば、男たちの遊び場です。碁《ご》や将棋《しょうぎ》を楽しみながら、茶を飲んだり菓子を食べたりしている。中には噺好きが顔を合わすことだって、ないとは言えません」

「辰吉は源三、遊太、二人を殺した黒幕が出会っていた場所は湯屋じゃないかと見当をつけて、突き止めようとしていたんですね」

「だと思います。湯屋神田明神下、〝鬼百合〟と書いたのは、そこで三人が出会っていたとわかって、黒幕の正体が誰なのか、見当がついていたからですよ」

「それはいったい――」

円朝は眼下に横たえられている宗吉の亡骸《なきがら》を見下ろしていた。

「思いもかけぬ相手でした」

津川はひっそりとした声で言った。

「ただし、宗吉が黒幕であればすべてはよくわかる話なのです。長年、森北屋に住み込んでいれば、かつて蔵の下に抜け道があったことなぞも知っていたはずですからね。ここからあちらへ掘り進んで、首尾よくお宝を頂戴《ちょうだい》しようなんていう企みは、この家かあちらか、どちらかに仲間がいなければ、出来ないことだと、前からわたしは思っていました。見廻りと言って、ここいらをぶらぶらしていたのもそのためです。ただただ辰吉の無念を晴らしてやりたい一念でした」

「それで津川様は、神田明神下の湯屋へ訊きに行ったんですね」

「もちろん。わたしはそこの主に源三と遊太の顔を写した絵を見せたのです。二人が以前によく来ていた客だと認めたので、その客たちと一緒にいたもう一人の男のことを訊きました。主は『ああ、それなら森北屋の宗吉さんだろう。あの人もぞっこん噺が好きだ』と教えてくれたんです」

「そのことを津川様は宗吉さんに話したんでしょう」

「ええ。前から気になっていたのは、〝我は鬼の百合なり〟と書いた紙でした。人を殺める羽目《はめ》になったとはいえ、元は以前の〝鬼百合〟らしく、盗みはすれど殺生はせぬつもりだったのだろうと思うと、憎さの中にも哀れを感じて、昨夜呼び出して話をしたんです。〝鬼百合〟なら誇りを持って決着を付けろと――。お上ならお縄にして打ち首、獄門《ごくもん》にするのが見せしめになるからよいと見なすでしょうが、わたしはこれでよかったと思っています。咎人《とがにん》にも情けは必要ですからね」

津川は静かに話を締《し》め括《くく》った。

「格別なおはからい、ありがとうございます」

正太郎は三太とともに土間で平伏した。そして、

「悪い仲間だったとは今知りましたが、宗吉はてまえにも三太にも、何かと頼りになる相手だったのです。よく助けてくれました。獄門台で宗吉の首が晒《さら》されるところなど、金輪際見たくありません。このご恩、一生忘れません」

涙をこらえながら深々と頭を下げた。

戸板が用意されて、宗吉の骸は番屋へと運ばれることになった。戸板にのせるのを手伝った円朝は、

「おや、耳の下に傷が――」

赤く小さな傷口へと手を伸ばした。

十一

りーん、りーん、りーん。

鈴虫が鳴いているかに聞こえるが、実は栄朝が鳴き声を真似ているのであった。

「いいね。鈴虫とはいいところに目をつけたものだ。〝疝気の虫〟の噺の途中、腹の中でも男の一物《いちもつ》からでも、虫のいい声が聞こえてくるのは悪かないよ」

隣りの部屋から褒めた円朝に、

「そうおっしゃっていただけるとうれしいです」

栄朝は照れくさそうに応えた。

「何より、りーん、りーんの可愛い虫の音とおまえの持ち味が合っている。今回はおまえに教えられたような気がする」

さらに褒めた円朝は書き上げたばかりの似顔絵三枚を持って立ち上がった。松芳《まつよし》師匠に師事したことのある円朝は絵を描くのが達者であった。

「おや、師匠、幽霊画でも始めなすったんですか」

廊下に出てきた栄朝は、円朝が手にしている似顔絵を見て首をかしげた。上の一枚に描かれているのは、栄朝も顔を知っている遊太だったからである。

「けど野郎ばかりの幽霊画とは――」

縁側からの風が似顔絵に吹きつけて、三枚のうち上の一枚が巻き上がった。これは

〝巴〟の主に化けていた源三の顔だったが、捲《まく》り上げられた腕に〝鬼百合〟の入れ墨があった。

「咎人ばかり描いてどうなさるんです」

栄朝は呆れたが、

「ちょっと出てくるよ。昼餉はいらない」

そう言い置いて円朝は湯島に向かった。寄ったのはおりんのところではなく、隣りの森北屋であった。名を告げて若旦那に会いたいと店先にいた手代に告げると、出てきた正太郎は、

「実はお話ししなければと思って、心にわだかまっていたことがございました。ただ宗吉にああいう事情があったとなると、同心の津川様に申し上げる筋のお話ではないような気がして、それで、あんなことがあった時、とうとう申しそびれてしまったのです」

と小声で言い、

「くわしくはどうかこちらへ」

奥の客間へと案内された。

そこで半刻ほど話を聞いた後、円朝は神田明神下の湯屋へと向かった。入口には〝ゆ〟の字が染め抜かれた布が竹の先に吊り下げられている。

神田明神下の湯屋は辰吉の手控え帳に、大家の源三や遊太と並んで記されていた場所で、津川によれば源三同様、〝鬼百合〟の一味で黒幕だった宗吉が、仲間との打ち合わせに使

っていたとされている。

この湯屋の二階の大広間は男の客の娯楽場であった。円朝は湯に入る気はなかったが二階に上がった。二階番頭の中年者に茶と菓子を頼む際、余分に金を握らせて、

「この男たちに見覚えがあるだろうか」

袖にしまってあった三枚の似顔絵を出して広げた。

二階番頭は一枚目、二枚目、三枚目とも見て首を縦に振った。そこで円朝は以前に描いて、懐に入れていた似顔絵を見せた。番頭はその四枚目にもうなずいた。

その後、円朝は三組町の湯屋に立ち寄った。こちらの入口には矢と弓が吊されている。〝弓射る〟と〝湯入る〟をかけた洒落《しやれ》であった。

入ってすぐの番台には糠袋《ぬかぶくろ》や手拭《てぬぐ》いのほか、楊枝《ようじ》や歯磨き粉、あかぎれ薬、膏薬《こうやく》などが売られている。脱衣所である板の間には、爪切り用の鋏や櫛《くし》が紐《ひも》でつながれ備え付けられている。番台に主の姿はなく、主は鋏や櫛の紐がゆるんでいないかどうか、熱心に板の間に屈《かが》み込んでいた。

「ここは南町奉行所同心津川亀之介様の御親戚筋と聞いています」

そう円朝が声をかけると、振り返った主は立ち上がって、

「津川様にはよくしていただいておりますよ。今もおいでです。お知り合いならお会いになりますか」

当惑顔で言った。

津川が湯に入っていると聞いて、円朝は着物を脱《ぬ》いで戸棚に入れると、ざっと流し場で身体を洗って石榴口《ざくろぐち》をくぐった。石榴口には鳥居のように飾り屋根がついているもので、この湯屋では七福神が彫ってあった。

小窓一つの湯の中は昼間でも暗かった。円朝がややぬるめの湯に身体を沈めると、

「ぬるいな。もう少し熱くしてくれ」

風呂焚き場へ怒鳴る声が聞こえた。

「津川様」

客は津川一人であった。

「師匠でしたか。面白いところでお会いしましたね」

「津川様の御親戚の方が主と聞いて、興味が惹《ひ》かれました」

「なに、客が少ないと薪《まき》を惜しむよろしくないおやじですよ」

「熱いのがお好きなようですね」

「ええ。熱い湯が好きなのは何事もせっかちな性分だからです。とても〝万亀亭〟の寄席が叶うまで、待っていられそうにありません。それで明日にもお誘いに上がろうと思っていたのです。いかがです、一つ、ご一緒に涼み舟と洒落込みませんか。屋形船での〝万亀亭〟は高嶺《たかね》の花でも、二人の屋根舟なら叶う夢ですから」

「いいですね」

「くれぐれもあの三題噺は忘れないでください」

「〝芸者〟、〝ひらた舟〟、〝うろうろ舟〟でしたね。ところであたし一人が噺をしても面白くない。津川様も何かなさってください」

「わたしごときと二人噺の涼み舟とは光栄ですな。けれどわたしに三題噺なんてむずかしいのは手に余ります。わたしにできる噺は創《つく》ったばかりの〝小判焼き〟ぐらいで——」

「面白そうじゃありませんか。楽しみにしています」

そう言って湯槽《ゆぶね》から出た円朝が、石榴口の脇の窓を開けて合図をすると、ほどなく、〝岡湯〟といわれる上がり湯の入った小桶《こおけ》が差し出されてきた。


翌日の朝のことである。

「梅雨入りが遅かったから、明けるのも遅いんでしょうかね」

円朝が支度を調えていると栄朝が案じた。

「今日あたり、そろそろ梅雨明けの大雨が降りそうですよ」

「かもしれないいな」

縁側にいた円朝は雨雲に覆われている空を見上げた。

「こんな天気じゃ、涼み舟でもないでしょうに。涼み舟はかーっと暑くないと。とかくお役人は四角四面でいけない。日延べはできないもんなんでしょうかね」

「津川様のせっかくのお誘いだ。あたしは行くよ」

栄朝は出してきた羽織を広げかけて、

「やめておきましょうか、これはあの時の――」

羽織は死んでいる宗吉を見つけた時、着ていたものであった。

「それにまた、こんな――」

栄朝は羽織の袖口から赤い糸くずをつまみ上げた。

「おちえさんのところで付いたのが、取っても取っても付いていて、どこからか出てきます」

「かまわないよ。それに糸くずは捨ててはならない。そのまま付けておいてくれ」

呆れる栄朝を尻目に円朝はその羽織を着ると、両国橋近くの船宿《ふなやど》〝川富《かわとみ》〟へと向かった。

雨はまだ降りだしていなかったが、梅雨にはめずらしく風が強かった。

「おかしな日ですね」

〝川富〟では津川が待っていた。

「かえってこんな日は噺が面白くなるかもしれませんよ」

「わたしもそんな気がします」

二人は顔を見合わせて互いに微笑んだ。

「風流の邪魔になってはと思い、船頭は耳の聞こえない者を雇いました。聞くところによれば、耳が不自由だと、川面《かわも》がさざめく様子を見極めて舟を漕ぐんだそうですな」

頭を垂れただけで言葉を発さない、年老いた船頭に招き入れられた円朝は、取り外しのきく屋根舟の屋根を見上げながら、先に乗り込んだ津川と顔を合わせた。屋根舟の中は、人二人ならどうにかゆったり向かい合って座れるほどの広さである。

舟が動きはじめた。

「さて――」

円朝は三題噺を語りはじめた。

「深川に名妓と謳《うた》われる芸者がおりました。何しろ深川芸者でございますからね。名妓ともなれば大変な人気でございます。ただこの女、欲深でございまして、屋形船を貸し切った宴席を前に、何とか旦那にしている大店の主から金を引き出したいと、そればかり、日夜考えていたのでございます。さてさて、この芸者の旦那というのがまた途方もないお大尽、珍し物好きでございました。金にはもうとっくに飽いていて、一時《いっとき》凝《こ》った黄金の細工物なぞも今はつまらない。今、女と同じくらい夢中になっているのは玉。真珠や翡翠、珊瑚の大玉でございました。よし、これを盗《と》って、一粒で降るほどの数の小判に替えてやろうと芸者は決めました。珍し物好きというのは妙なものでございますね。世話をしていて憎からず思っている芸者に、『あれほど綺麗なものはない。玉には魂があってきっと女なのに違いない。もしかしてあたしの魂が抜け出たものなのかも。ならば、あれらもあたしと同じように屋形船に乗せて、楽しい思いをさせてくれないと、あたしは病気になってしまう』と言われると、なるほどそれしかないと思えてくるんですから、不思議なものですねえ。こうしてお宝の玉は芸者や旦那と一緒に屋形船に乗り、船は動き出しました。気になるのは、どうやって、芸者が玉を盗むのかです。盗んだところで船は水の上、逃げることなんかできやしません。なくなったとわかれば大騒ぎになるに決まっています。芸者当人だって、身ぐるみ脱いで、自分は潔白だという証を立てることになりかねません。玉は十個ありました。一つや二つなら、島田に結い上げた大きな髷《まげ》の中にでも隠すこともできますが、十個となればそうは行きますまい。芸者が首尾よく盗みをすることなど、とうていできそうにないと思われました。けれども欲というのは大したものでございますね。使えるものは使わなくてはと、ふと思いついたのが〝ひらた舟〟と〝うろうろ舟〟。ちょうどその頃、芸者のいる置屋《おきや》の近くにごろつきが二人おりました。二人はこの芸者にぞっこん惚れていましたので、人に嫌われるごろつきだというのに、置屋から出てくる女と目が合うだけで、真っ赤になって声も出ません。ふんと鼻で笑ってこれまで相手にしてこなかった芸者でしたが、打って変わり、各々別々に褒めちぎり、気のあるふりを見せ、さんざんいい気にさせておいて、ちょいと面白い趣向につきあってくれと言って、舟漕ぎや猿芝居を習わせます。もうおわかりでございましょう。一人は〝ひらた舟〟を、もう一人には〝うろうろ舟〟を漕がせて、自分のいる屋形船に近寄らせ、盗んだ玉を手渡す魂胆《こんたん》なのでした。はじめに猿芝居をやる〝ひらた舟〟を近づけておいて、終わっていなくなってしばらくすると、『泥棒!!』と叫ぶが後の祭りというわけ。その隙に物売りに回って来た〝うろうろ舟〟に渡すという寸法です。ただね、芸者はここで一つ間違いをしでかしてしまいます。〝うろうろ舟〟に玉を渡す時、『これはね、あたしの魂のように甘くて美味《お》しい飴《あめ》なんだから、大事に持っていてね』と言ったもんですから、生まれてこのかた、玉なんてものを見たことのなかったその男には、有り難すぎて仕方ありません。『魂が入ってるんなら、これさえしゃぶればあの女と添ったも同然』、『いい思いができる』と信じて口に入れ、『不味《まず》い』、『おかしな飴だ、ちっとも甘くない』、『きっと、騙されたんだ』、『馬鹿にしやがって』などとわめきちらして、残らず川へと吐き出してしまったのです。これで〝芸者〟の夢も黄金に勝る綺麗なお宝も、ただただ、ひらひら、うろうろと、川底へと舞い落ちて、藻《も》くずとなったのでございます。題して〝とらぬ狸《たぬき》と猫小判〟でございました」

ずいぶん前から雨が降りだしてきていた。激しく雨が屋根を打つ音が聞こえている。

「きっとその先もおありなのでしょう」

津川は雨に掻き消されないよう、精一杯声を張り上げていた。

「すぐにわかったわけではありません。〝鬼百合〟だと名乗って死んでいた宗吉さんが、〝崇徳院〟に出てくる上皇の御歌を書いていたのを見た時に、妙な気がしました。しっくりこないんです。あたしが生きている宗吉さんを見たのは一度きりでしたが、その時の宗吉さんからは色恋などではなく、慈愛のようなものを強く感じたからです。〝崇徳院〟はふさわしくない、そう思ったのです。噺好きは噺なら何でも好きというわけではありません。そう好きでもない、ふさわしくもない噺と関わる歌を、冥途の土産《みやげ》にするだろうかと思ったのです。それで森北屋さんに訊きに行きました。森北屋の若旦那、正太郎さんの話によれば、宗吉さんが亡くなっていた日の前日の夜、正太郎さんと宗吉さんは仕事の終わった後、湯島門前町の一膳《いちぜん》飯屋で落ち合い、お園さんを一途に想っている正太郎さんのために、ここは自分が一肌脱《ひとはだ》ごうと、宗吉さんが御歌を書いたことを話してくれました」

「まさに〝崇徳院〟に出てくる長屋の熊さんですね」

舟が揺れ続けているせいか、津川の声は震えている。

「宗吉さんは崇徳上皇の御歌を円生師匠のおかみさん、おりんさんに見せて、正太郎さんの並々ならぬ気持ちを伝えるつもりでいたのだそうです。このことは正太郎さんと宗吉さん、二人の秘密でしたので、他の奉公人の手前もあり、二人は飯屋を出ると別々に帰ったとのことでした。こういうことは前にもあって、宗吉さんの方がもう一軒寄って遅く帰って、怪しまれないようにしていたと聞きました。この日、宗吉さんは正太郎さんと別れた後、立ち寄った飲み屋か屋台で人と会い、その相手としたたか飲んで酔い潰れ、送られて行った先が森北屋ではなく、円生師匠の家の土蔵だったのです。酔い潰れた相手を梁にぶらさげれば、自分から死んだように見せかけることができます」

「宗吉は自害ではないというのですね」

津川の声はさらに震えた。

「とはいえ、宗吉は神田明神下の湯屋で源三や遊太と親しくしていたという話でしたが――」

「あの湯屋の二階番頭は源三、遊太、宗吉さんの顔を覚えていました。けれども、もう一人覚えていた顔があったのです」

円朝は津川の顔を見据えた。

「ほかにもう一人仲間がいたなんて――」

津川は目を背けた。

「上皇の御歌でふと思いだしたのが、辰吉さんの手控え帳のことでした。辰吉さんを殺した下手人は、どうしてこれを探し出して持ち去らなかったのかと、一度芽生えた疑問がまたふつふつと湧き起こってきたんです。これはもしかして、わざとではないかと思い当たりました。下手人は辰吉さんの手控え帳の中身をすでに知っていて、持ち去る必要がないと見なしたのです。あれには、三人目について、〝湯屋神田明神下〟としか書かれていませんでしたからね。それでそのままにしておいたのですが、しばらくして、殺した辰吉さんを〝鬼百合〟の仲間に仕立てきれず、宗吉さんなら代わりがつとまるだろうと目星《めぼし》をつけた時、必要になって、おちえさんのところへ取りに行ったのです。津川様、あなただったんですね」

円朝は苦渋《くじゅう》に満ちた表情で言った。

「いつからおわかりでした？」

ずっとうなだれていた津川は、蒼白《そうはく》の顔を円朝の方へと向けた。

円朝は羽織の袖を探って、赤い糸くずをつまみ出して見せた。

「これですよ。宗吉さんの耳の下にこれと同じものがありました。赤い傷のように見えたのはこれだったんです」

「なるほど、そうだったのか」

「この糸くずを身につけるには、ごく最近おちえさんのところへ行った者でなければなりません。宗吉さんはおちえさんを知りませんし、ましてや長屋になんて行っていません。あなたが宗吉さんを吊す時、羽織にでも付いていたのが落ちたのです」

「わたしはただ夢を見たかったんです、一生に一度でいいから、屋形船を仕立てるような夢を叶えてみたかった。暮らし向きのことを考えず、斬三昧《ざんまい》に明け暮れる日々も夢でした。けれども同心なんて、三十俵二人扶持、これだけじゃとうてい食っていけません。食えないだけじゃない。商人《あきんど》の渡してくる袖の下を上げ面で礼も言わずに受け取る、ただそれだけが役得の情けない稼業ですよ。誇りなんて微塵《みじん》もない、不浄《ふじょう》役人と見下げられているんです。それが大店の旦那ともなれば、表じゃ下げられるだけ頭を下げていて、裏じゃ贅沢三昧、涼み舟だって何艘《なんそう》も仕立ててぱーっとやることができるんです。わたしもそれがやりたかった。両国橋から見える川開きの花火、あんな一時がむしょうに欲しかったんですよ。しかも、毎年、師匠に話しているように屋形船の寄席にしてね。わたしは、そんな愚痴《ぐち》話をやれれば死んでもいいとさえ、思い詰めました。それほど、今の稼業も自分も嫌で面白くなかったんです。そんな時、源三や遊太と知り合ったのです」

「俗に言う魔の出会いですね」

円朝のその言葉に津川は応えず、

「わたしは以前から、小さい湯槽に溜めてあって汲み出すのではない、三組町の湯屋の〝岡湯〟が気に入っていて、主とも親しくなり、役目で湯島を通ると三組町に寄るのが常でした。しかしその日に限って河岸《かし》を変えたくなって、神田明神下の方へ入りました。源三や遊太とはそこの二階で意気投合したのです。三人とも噺好きでしたからね。以後しばらく、わたしは神田明神下の湯屋に通うようになり、わたしの愚痴話を聞いた遊太が、森北屋の蔵に千両箱が唸《うな》っているという話をしてくれました。円生師匠の蔵と森北屋をつなぐ抜け道があったという話をしてくれたのも遊太で、それならその抜け道を掘り当てれば、森北屋の蔵に押し入って、千両箱を手に出来る、こんな楽な盗みはないとわたしは思いました。夢が叶いそうだと思うとうれしくて、うれしくて、引き返す気など微塵もありませんでした。大家の源三は〝もう盗みは嫌だ〟と及び腰でしたが、〝鬼百合〟の入れ墨をネタに脅して仲間にしたのです。当初は源三と遊太を動かし、幽霊騒動を起こして、店子《たなこ》たちに過分な金を渡して引っ越させました。上手《うま》くいけば、これで円生師匠のおかみさん一家も引っ越すと思ったのです。ところがなかなか手強く、遊太が勝浦貞山に化けて蔵を借り、掘って抜け道を見つけることになったんです。ここで首尾よく運んでいれば、何も源三や遊太を殺すこともなかったんです。あなたですよ、師匠。あなたがいらぬお節介を焼きはじめたせいで、千両箱は夢と消えました。源三は怖《お》じ気《け》づいたんで、ああするよりほかありませんでした。遊太ときたら、わたしの言うことを聞かず、あなたを嵌めたい一心で、せっかくの茶入れを無駄にしてしまって——腹が立ちましたよ。もう、金輪際、こんな奴を仲間にしておくことはできないと思ったんです」

眉を吊り上げた津川はかっと目を見開き、かつて円朝が見たことのない形相で、責めるとも吐き出すともつかない自棄な物言いをした。

「それで遊太を殺してまんまと玉を手にした後、その罪を辰吉さんに着せようとしたんですね」

「辰吉は知りすぎたんです。三組町の湯屋がわたしの縁筋などではないとわかると、調べそのものに疑いを抱いた辰吉は、湯島界隈《かいわい》の湯屋を回ってとうとう神田明神下の湯屋を探り当ててしまいました。ここまでわかってしまえば、一時とはいえ、わたしが源三や遊太たちと親しくしていたことが、いずれわかってしまうにちがいありません。初めは盗みの計画などありませんでしたから、一緒に歩いたり、近くの飲み屋に寄ったりと、ご近所に顔を見られているのです。辰吉の動きが気になる不安な日々が続いて、そしてある日、とうとう辰吉はわたしに〝湯屋神田明神下〟と書いてある手控え帳を見せて、折り入って話があると言いました。わたしが辰吉を源三、遊太殺しの下手人に見せかけて、殺すしかないと思ったのはまさにその時だったのです」

「辰吉さんは盗っ人仲間の源三と遊太を殺したのが、大恩のあるあなたかもしれないと疑ってはいたものの、どうしても〝湯屋神田明神下〟としか記せず、心の苦しみを紛らわすために深酒をするしかなかったのでしょう。それなのにあなたはそんな辰吉さんに手を掛けてしまった――」

円朝は怒りのこもった目で津川を見つめた。

「さすがにどうにも後味《あとあじ》の悪い思いでした。残ったおちえさんも気の毒でなりませんでしたし——。そうこう思っているうちに、またしてもあなたは、わたしが書いた〝我は鬼の百合なり〟の文言がおかしい、辰吉は殺されたのではないかなぞと言いだした。円生師匠の蔵の件があります。あなたは言いだしたらやり遂げる。辰吉を〝鬼百合〟に殺されたことにした方が無難だと思えてきました。殺されたことにするには殺す人間が要る。そこで思いついたのがあの手控え帳だったのです。辰吉はあれを見せる時、森北屋の番頭宗吉の名を口にしました。円生宅の蔵破りに重ね合わせると、森北屋に住み込んでいて蔵の事情にもくわしく、神田明神下の湯屋にも出入りしている宗吉こそ、一番に怪しいと睨んで、仔細《しさい》に調べたというのです。しかし、宗吉は源三と遊太が殺されたどちらの日も、仕事で江戸を離れていたことがわかって、辰吉のかけた嫌疑は晴れてしまいました。わたしはこれだと思いました。宗吉なら〝湯屋神田明神下〟が示す〝鬼百合〟であっておかしくないし、気がついたわたしが温情をかけて自害に追い込んだことにすればいい。それからというもの、わたしは宗吉を見張り、尾行《つけ》まわし、湯島門前町の一膳飯屋で若旦那と別れ、一人、飲み屋に入るのを待ちました。続いて入ったわたしは隣りに座って、埒《らち》もない世間話をしました。宗吉は酔っても律儀者だったのでしょう、秘密だったという〝崇徳院〟の話はしませんでした。ですから、わたしはあの蔵で宗吉の首を縄で括《くく》ってぶらさげる前、念のためと懐を探ってあの歌が出てきてもそのままにしたのです。宗吉が〝崇徳院〟の態さんをやろうとしていたなんて、夢にも思ってませんでしたから。辰吉から、宗吉は若い頃、女房をなくして以来、ずっと独り者で楽しみは噺と酒だと聞いていたからです。〝われても末に逢はむとぞ思ふ〞が、冥途で女房が待っている宗吉には、ふさわしい辞世の歌に思えたのですよ。まさか、師匠が宗吉と会ったことがあって、これを怪しむとは――」

「あなたは自分の夢のために四人もの人を手にかけ、その人たちの命と夢を奪いました。あたしはあなたの夢が叶ってほしくないと思っています。もし万が一叶ったら、それはもう夢ではありません。血で汚れた悪夢など夢であるものですか。あたしは噺を聴いてくださる方々に、楽しい夢を見ていただきたいと、常日頃から思っています。それだけが励みです。夢を語り夢を聴く、夢とはみんなを幸せにするためにあるのですよ。独り占めになどできるはずもないのです。それに〝崇徳院〞は、やはり若い男と女の恋煩いの噺ですよ」

円朝は悲しそうに津川を見た。

十二

雨はさらにひどくなってきていた。舟が大きく揺れて、使われていない座布団が飛んだ。

津川はこほんと一つ咳をして、

「さて、このあたりでわたしもネタを演らせていただきましょうか」

津川は衿《えり》を直し、帯にはさんでいた扇子《せんす》を膝の前に置いた。すぐにまた揺れが来て津川の扇子は座敷の端へと飛んで行った。円朝は正面から津川を見つめていたがすでに津川の心が見えなくなっていた。目の前にいるのが、何年も見知ってきた人物とは、まるで違う相手であるかのようにさえ感じられている。

津川の目は妖《あや》しい光を湛《たた》えている。向かい合っている円朝を見てはいたが、実はもう自分の夢だけに注がれているのがわかった。

「ええ、わたくし、三題噺などしたことがないのでございますが、師匠のお噺を聴いておりますうちに、むらむらと演ってみたくなったのでございます。わたくしも、〝芸者〟、〝ひらた舟〟、〝うろうろ舟〟でまいりましょう。芸者が欲深で旦那のお宝を盗みだそうと考えるまでは同じでございます。ただし、わたくしの芸者の噺は〝小判焼き〟。〝小判焼き〟はけちの権化《ごんげ》のような町方同心が病気になったものの、金が惜しくて医者も呼ばない。それでどんどん悪くなる一方なんですが、もしかして、死ぬかもしれないと思った時、溜め込んできた金を残して死ぬのがどうにも心残りでならない。何より、残した金を誰かに取られるのが嫌で仕様がない。そこへ、うまい具合に案じた長屋の銀兵衛《ぎんべえ》が見舞にやってきました。同心は銀兵衛に小判焼きを無心。買ってきてもらった小判焼きを受け取ると、銀兵衛を追い払って、餡《あん》だけ食べて皮を残し、中に金を詰め始めたかと思うと、むしゃむしゃ食べて腹の中に隠そうとした。これが祟《たた》ったのか、同心はぽっくり。こっそり覗《のぞ》き見をしていた銀兵衛が、焼き場で同心の骨を漁《あさ》って金を拾い、〝小判焼き〟という名の菓子屋を始めて財をなすという噺です。これを思い出した欲深な芸者は、何とか同心にならずに銀兵衛になりたいものだと思ったのです。初めは、あのごろつき二人に〝ひらた舟〟と〝うろうろ舟〟を漕がせて、自分のいる屋形船に近寄らせ、盗んでおいた玉をそれぞれ五粒ずつ飲み込ませて後で殺し、焼き場で拾えば按配がいいと考えました。ところが、当日、お宝自慢の旦那は玉を見終わった客たちを前にして、こんなことを言うではありませんか。『これらの玉はどれも〝小判焼き〟にはならないんです。金よりもよほど高価ですがずっと熱に弱い。焼き場で拾えるのは欠片ぐらいのものです。そうなったらお宝とはいえません』これを聞いた芸者は、旦那にしまっておくよう渡された玉を手にして青くなりました。どうやら、考えていたようには行きそうにないのです。それで仕方なく、近づいてきた〝ひらた舟〟と〝うろうろ舟〟のごろつきたちには、本物の飴を握らせておいて、『えい、やっ』心の中で掛け声をかけると、ほらこうして――」

津川は懐にしまっていた袱紗《ふくさ》の包みを解くと、出てきた真珠、翡翠、珊瑚の大玉を次々に飲み込み始めた。

「津川様、何をなさるんです」

円朝の声は悲鳴に近かった。舟の揺れがひどく、止めるために立ち上がることができない。ほんの目と鼻の先に津川はいるが、手を伸ばして相手の手を摑《つか》めるほど近くはなかった。最後の一粒を飲み込んだ津川は、

「首尾よく飲み込んでほっとした芸者の耳にまたしても、旦那の声が聞こえてきます。『試してみたことはありませんが、聞いた話ではこれらの玉を砕いて粉にすると、身体の中で溶けて、有り難い長寿の薬になるそうですよ。こうなっては、もちろんお宝とはいえませんが――』これを聞いた芸者はもうたまりません。せっかくのお宝がお宝でなくなる

なんて――。自分の魂が宿っていると言ったりしたのも、あながち相手を丸めこむための方便《ほうべん》だけではなかったのです。芸者はこのお宝さえあれば、きっと幸福になれると思いこんでいたのです」

いくらか揺れがおさまってきていた。津川は立ち上がった。ぐらぐらとゆれる身体をよじらせて、舳先へと進んでいく。

「津川様」

やっと立ち上がった円朝も、何とか続いた。津川は一度だけ振り返り、

「〝お宝はあたしの夢〟、だからお宝と一緒にざぶんとね――、これぞ、題して、まことの〝黄金往生〟」

と微笑むと、荒れ狂う川面へと身を躍らせていた。豪雨の最中、ざぶんという音は耳の不自由な船頭はもとより、円朝にも聞こえなかった。

津川は自身の咎《とが》を綴《つづ》った文を南町奉行所の与力宛に遺していた。おかげで辰吉も宗吉も、死してなお、〝鬼百合〟の汚名を着ることはなくなった。

津川は文に、ご禁制の品である恵比寿屋から盗んだ玉のことは記していなかった。円朝は津川が何でももっと早く、玉をわが物としたらすぐに江戸を発《た》たなかったのかと、不思議に思っている。役人だった津川ならそれなりの手づるもあるはずで、ここまでの玉となると、たとえ江戸では換金しにくくても、上方なぞへ行けばそれなりに換えられたはずであ

った。

——川開きがあって、花火があるこの江戸が好きで、離れがたかったのかもしれない
円朝はふと、津川の夢とは江戸への夢、八百八町に住む〝江戸っ子〟たちの夢そのものであったような気がした。

円朝が今昔亭唯生と品川の〝玉水楼《ぎょくすいろう》〟で会ったのは、可憐で涼しげな萩《はぎ》の花がちらちらと咲き始めた頃であった。

〝玉水楼〟の離れの入口に飾られている屛風絵《びょうぶえ》には三遊亭円朝、麗々亭柳橋、今昔亭唯生の姿が描かれている。大名人と言われる唯生の屛風絵は、好々爺《こうこうや》といったおだやかな表情で、行儀よく扇子を手にしていたが、座敷で待っていた素の唯生は、円朝を待たずに好物の鯛《たい》の兜煮《かぶとに》を運ばせ、せわしく箸を使って鯛の頭を突き回している。

「ここの味付けはいいね、ざらめだ。気取って、和三盆《わさんぼん》なんぞを兜煮に使われたひにゃ、たまったもんじゃない」

まずは料理のことを口にした唯生に、

「おちえさんから聞きました。喜んでいましたよ。ほんとうにありがとうございました」

円朝は深々と頭を下げた。津川の悪事は瓦版屋《かわらばんや》が〝同心の岡っ引き殺し〟と大々的に書き立てた。夫婦で唯生の人情噺が好きだったと、殺された岡っ引きの女房おちえの想いも

綴られていて、これを読んだ唯生は自ら庄助長屋へ足を運び、せめてもの供養の代わりにと辰吉の位牌の前で人情噺を噺した。円朝はこの話をおちえから聞いていたのである。

「もったいなくて。うちの人も喜んでくれているはずです」

とおちえはうれし泣きしていた。

「前におまえさんが言ってた、酒好きの亭主の話だとわかったから訪ねたんだよ。夫婦してあたしの人情噺を聴いてくれていたなんて、有り難いことだからね」

そこで唯生は箸の手を休めて、

「話は変わるが、おまえさんのところの栄朝、あいつは上手くなったねえ」

二ツ目の栄朝が〝疝気の虫〟を高座にあげるようになってから、一ヶ月近く経つ。

「疝気の虫が可愛い憎めない虫になってて、あればかりはあの男でなければ演れまいよ」

「栄朝に伝えておきましょう。きっと大喜びするはずです」

「〝疝気の虫〟を栄朝に勧めたのはおまえさんだろう」

「はい。栄朝が虫嫌いなので好きにしてやろうと――」

「おまえさんは噺も上手いがそれだけじゃない。弟子のいいところを見つけて育てる才もある。惜しいねえ――」

唯生は物をねだる子どものような目でじっと円朝を見つめた。

「三遊亭円生の名跡、是非ともおまえさんに継がせたいもんだ」

「師匠、それはもうとっくにご辞退してあるはずですよ」

首を横に振って円朝は目を伏せた。

「そうは言っても諦めきれないよ。聞いた話じゃ、おまえさん、円生の娘と森北屋の正太郎の縁を取り持った上、病気で死にかけてるかみさんのおりんにほの字だっていうじゃないか。毎日のように通い詰めているって。どうだ、今すぐ、祝言をあげちまわないか。おりんさんと夫婦《めおと》になりゃ、後々名跡を継ぐ成り行きになる」

「夫婦にはなりませんよ。こちらの想いをわかってもらうだけだって、難儀だったんですから」

円朝はおりんに打ち明けて、野暮だと言われ、見事に拒まれた話をした。

「おまえさんの恋心が野暮だとは、よく言ったもんだが、あの円生の女房なら言いかねまいよ」

「ただし下駄《げた》は貰ってもらいました」

「下駄かい？」

目を白黒させている唯生に、円朝はおりんのために、特上の桐の下駄を誂《あつら》えさせたのだと言った。

「おりんさんはもう出歩くことができない、明日をもしれない身体です。いくら綺麗に身仕舞いしても外を歩くことだけはできない。あたしが会いに行かなければ自分から会いには来れない。だから、この下駄を枕元に置いて、夢を見てほしいって言ったんですよ。夢の中で下駄を履いて会いに来てほしいって。そうしたらようやく、あの女《ひと》は、『やっと、あたしの想いがわかってくれたのね。これで死んでも好きな男に会いに行ける』って、喜んで、あたしの想いを受け入れてくれたんですよ」

「ふーん」

呆れ顔の唯生は、

「あんな鼻持ちならない女に惚れる理由は見当もつかないし、下駄がどうのこうのなんて話は、よくわからねえ逢瀬《おうせ》だが、まあ、いいだろう。ほかに非の打ち所のないおまえさんだ、多少はどうしようもねえところがあってもさ、生身の人間らしくていいよ」

ふわふわと笑って箸を動かしはじめたが、そのうちにふと思いついたらしく、

「だがあの世にこの世の色恋を持ち込むのはよくないよ。化けて出るおりんにとっちゃ、おまえが気持ちをこめた下駄は、黄金みてえに有り難いもんで、これぞ、正真正銘の黄金往生だろうさ。けど、おまえさんの方は大変だ。首を長くしておりんを待ってる亭主の円生に恨まれる」

と真顔になった。

この夜、眠りについていた円朝は夢を見ていた。はじめてみる円生の夢で、夢の中の円生は、同じ演目を先に演じて円朝に辛く当たっていた時にさえ見せたことのない、怒りの表情で憤《いきどお》っている。

飛び起きた円朝は、

「師匠、すみません」

畳に手を突いて詫びた。

「どうか、お許しください」

そこでまたこれも夢だと気がつくと、どこからか下駄の音が聞こえてきた。

からん、ころん、からん、ころん——。


三遊亭円朝が独自の怪談噺を高座へ上げ、道具を使わない素噺《すばなし》で演じたのは、おりんの七回忌の日であったという。

からん、ころん。

あとがき

わたしが初めて三遊亭円朝に出会ったのは、吉本隆明の『定本　言語にとって美とはなにか』に、『怪談　牡丹燈籠《ぼたんどうろう》』からの引用があったからです。

『怪談　牡丹燈籠』の躍動的な言葉の美しい連なりになぜか惹《ひ》かれるものがあり、円朝の作品は速記本で残されていることを知りました。

そして、いつしか作品を超えて、江戸末期から明治を生きた円朝という人物に強く惹かれていたのです。

尚、本作品はわたしのあこがれる円朝と仲間たちという視点からの世界観の構築を優先させたので、史実を尊重しつつも、一部フィクションならではのお許しをいただいた部分もございます。

〈参考文献〉

「落語名人伝」　関山和夫　白水社
「落語ハンドブック」　三遊亭圓楽監修　山本進編　三省堂
「図説　落語の歴史」　山本進　河出書房新社
「古今東西　落語家事典」　諸芸懇話会、大阪芸能懇話会編　平凡社
「三遊亭圓朝の明治」　矢野誠一　文春新書
「新版　三遊亭円朝」　永井啓夫　青蛙房
「江戸の料理と食生活」　原田信男編　小学館

時代小説文庫
わ 1-32

円朝《えんちょう》なぞ解《と》きばなし

著者　和田《わだ》はつ子《こ》
2015年 9月18日第一刷発行

発行者　角川春樹

発行所　株式会社 角川春樹事務所
〒102-0074 東京都千代田区九段南2-1-30 イタリア文化会館

電話　03(3263)5247[編集]　03(3263)5881[営業]

印刷・製本　中央精版印刷株式会社

フォーマット・デザイン&
シンボルマーク　芦澤泰偉

ISBN978-4-7584-3948-0 C0193

http://www.kadokawaharuki.co.jp/[営業]
fanmail@kadokawaharuki.co.jp[編集]　ご意見・ご感想をお寄せください。